林希自选集

天地玄黄
孽障
老汤

林希 著

天津出版传媒集团
天津人民出版社

图书在版编目(CIP)数据

天地玄黄·孽障·老汤 / 林希著. -- 天津：天津人民出版社, 2020.1
(林希自选集)
ISBN 978-7-201-15659-0

Ⅰ. ①天… Ⅱ. ①林… Ⅲ. ①中篇小说-小说集-中国-当代 Ⅳ. ①I247.5

中国版本图书馆 CIP 数据核字(2019)第 282117 号

天地玄黄·孽障·老汤
TIANDIXUANHUANG·NIEZHANG·LAOTANG

出　　版	天津人民出版社
出 版 人	刘　庆
地　　址	天津市和平区西康路 35 号康岳大厦
邮政编码	300051
邮购电话	(022)23332469
网　　址	http://www.tjrmcbs.com
电子信箱	reader@tjrmcbs.com
责任编辑	赵子源
装帧设计	汤　磊
印　　刷	河北鹏润印刷有限公司
经　　销	新华书店
开　　本	880 毫米×1230 毫米　1/32
印　　张	8.5
插　　页	6
字　　数	165 千字
版次印次	2020 年 1 月第 1 版　2020 年 1 月第 1 次印刷
定　　价	48.00 元

版权所有　侵权必究
图书如出现印装质量问题，请致电联系调换(022-23332469)

目　录
CONTENTS

天地玄黄	1
孽障	85
老汤	185

天地玄黄

1

"天地玄黄"四个字,黄天玄占了三个。

《易经》有解:"夫玄黄者,天地之杂也,天玄而地黄。"黄天玄姓黄,他老爹有点儿小学问,觉得自己这一辈子没有发迹,很可能是因为名字没有起好。他老爹研究过许多伟大人物的名字,发现起名字绝非小事一桩,名字起得好,这个人就能有大发旺,名字起不好,就是有那个机会,也没有那份造化。刘盆子,本来已经当上皇帝了,就是因为名字不好,所以才坐不牢江山,皇帝有叫盆子的吗?盆子若是做了皇帝,那罐儿岂不就要做老君了吗?所以,一个人的名字最为重要,从一生下来,做父亲的就要给儿子起个准备来日可以成大事业的名字,就凭着这个名字,无论是多高的台面都能上得去,大狗、二黑呀什么的,能派他做重臣吗?

黄天玄这个名字就起得好:黄者,地也,先有地,而后有天,历来是中国人民本精神的体现;但是光有地不行,有了地,没有天,这块地也是没有用的,所以,以地载天,才是地的价值所在。黄天玄这个名字的意义，就是以地载天又以地为本，没点儿学问的，还真看不出来这里面的讲究。

以地载天，黄天玄做到了，他头上总压着一片青天；但说以地为本，黄天玄担载不起，他觉得自己是不是"本"无所谓，只是没有人把他看作是"本"，委屈点儿吧，您哪！谁让您没有那份造化呢？

黄天玄只知以地载天，压根儿就不管以地为本，所以他在世上活得极本分，从来没有过一点儿非分之想，每天早晨一起床，就知道这一天的三顿饭全吃什么了，早点是窝头豆腐脑，中午是窝头白菜豆腐，晚上是窝头豆腐白菜。不光是知道今天吃什么，就连明天、后天，乃至半个月的饭菜全都知道了，一律是豆腐白菜、白菜豆腐。

怎么黄天玄的日月就这样苦？黄天玄生错了年月，无论是早生五十年，还是晚生五十年，像黄天玄这样的人，都能过上好日月。早生五十年，清朝还没有废止科举考试，像黄天玄这样的人，只要是到了北京，一报名，闭着眼也能拿个探花，稍微用点儿心，状元郎的殊荣，那是非黄天玄莫属的。晚生五十年，重用知识分子，黄天玄这种人一定能拿特殊津贴，每个月一百元钱，足够交水费的了，当然，到了冬天连电费也够了，夏天不行，开空调，只一百元就差点儿了，还得自己再给津贴加上点儿津贴，就这么一回事吧，要的不就是

· 4 ·

个待遇嘛！

黄天玄在区公所做事的时候，什么待遇也没有，那时候的待遇要自己去创造，创造得好，待遇就高，不会创造的人，就没有待遇。黄天玄窝囊，光看着别人有待遇，而自己却一点儿便宜也沾不上，心里着急，没有办法，也就是一个人生闷气罢了。生闷气事小，吃饭事大，没有待遇就没有收入，没有收入一家老小靠什么活？黄天玄不能不动心，总想给自己弄点儿待遇。

区公所是什么地方？年轻人不懂，这里先要做些交代。那时候天津卫只有一个市政厅，相当于市政府。为什么不叫市政府？因为天无二日，北京已经有了一个北洋政府了，天津再设政府，岂不是就要分天下了吗？中国人就有这么大的学问，一个用词不当，就是责任，由此就要产生许多后果，所以人人都在遣词用字上十分小心，千万不能从字面上被人挑出错来。早早年间，每个朝代有每个朝代的忌讳，首先要讳的是皇帝老子的名号，皇帝叫什么名字，这两个字民间就不许用了，不光是民间不许用，连以前用过这两个字的地方，也要把这两个字挖下去。君不见许多字帖上都有字空吗？那就是被挖掉的讳字。譬如说吧，皇帝叫元璋，从此"元""璋"这两个字就不许民间用了，你叫"元成"还不行吗？不行！我这里"璋"了，你那里反而"成"了，和皇帝唱对台戏呀怎么的?别找别扭,中国字多着呢,干吗就非得用这两个字?这两个字只能归一个人使用。有一个朝代,皇帝的名字叫"雄",从此天下人把狗熊改名叫山牲口,到如今东北人骂人的时候,还常常骂道:"让山牲口舔了你吧!"究其原因,就是因为那一朝不许说"雄"字。

北京既然有了北洋政府,天津就只能设市政厅了,市政厅有市长、副市长,还设有各个厅长,什么卫生厅厅长、教育厅厅长、税务厅厅长,等等等等,他们全是市长手下的助手。什么叫作助手?助手就是市长的一只手,想搂什么地方,就把这只手伸出去搂,一搂,就搂足了。

天津卫很大,光设一个市政厅管不过来,于是市政厅下面,各个区还有区公所。这一说,诸位就明白了,原来北洋政府管着天津市政厅,天津市政厅管着各个区的区公所。而在天津河东区的区公所里,更有一个叫黄天玄的人,凡是区公所里的人,都管着他。

何以黄天玄就如此卑微?怎么全区公所里的人都能管他?这里也要细说。黄天玄到底是一位先生,那时候没有干部一说,人们把白领人士统称为先生;而区公所里又分两种人,其中一种人叫勤务,勤务又分内勤、外勤。内勤是在区公所里做事,外勤是出了区公所到街面上去做事。做什么见不得人的事?回头再说。这里只说区公所里先生这一个层面的人物。

区公所里头一名先生,是管着诸位先生的所长。河东区区公所的所长叫于之渊,大家叫他于所长,是个有实权的人物。街面上有个字号开张,他说你守法,你就是守法户,他说你违法,外勤就出去抓你,抓到区公所来,他说关你多少天,就关你多少天,你说不关行不行?也行,交罚金,以罚代刑。多少钱折一天?由于所长定,他说今天是一千元折一天,说关你半个月,你就得交一万五千元,他说明天是两千元折一天,半个月就是三万元。市面上总说:"区公所里罚款——没准价儿。"就是这个意思。

区公所所长下面,有三种职务,一种职务是督巡,顾名思义,督巡就是到街面上去连督带巡。巡什么?区公所不巡民宅,巡民宅是警察局的差事,也不巡妓院、赌场、戏园子、电影院,那里面都有弹压席(弹压,即制服、镇压;弹压席,指民国时期,政府为便于执行巡视任务,勒令戏园、影院专设弹压席,招待弹压警,按月征收弹压费),区公所干干净净,只管正人君子。

区公所督巡,负责维护公共道德,督巡布店卖的布够尺寸不够?酒馆里卖的酒兑水不兑?各家商号门前的卫生做了没有?做不好卫生,责令停业,一天的生意,少说也要千把元。更何况河东区公所的督巡们又特认真负责,夏天商号里的苍蝇不许超过多少只，一数，超过标准，停业，商号立即就给督巡"捅"钱，钱"捅"到了，多出来的那几十只苍蝇就飞走了，没有超过标准，继续营业，生意又做起来了。

　　河东区公所里一共有十几名督巡，其中最会督巡的一员大将，也是大家最羡慕的一位督巡，名字叫谢茹桢，市面上大家叫他谢督巡。谢督巡一上街，没有督巡不出毛病来的，谢督巡能在鸡蛋里督巡出骨头来。全河东上万家商号，没有不怕谢督巡的，各家商号算着这几天谢督巡该上街了，早早地，掌柜、经理们就准备好了"酬谢"。多少钱？秘而不宣，全都包在一个小红包里，只待谢督巡一到，茶水奉上，茶杯底儿下边，就压着这个小红包。谢督巡目不斜视，不露声色，就在端茶杯的时候，顺手牵羊，手疾眼快，小红包一刹那就被吞到袖里去了，这叫袖里吞金；随之站起来告辞，这一"巡"就算是过去了。也有人会说，那红包里若是包着一张白纸怎么办？这就看功夫了。谢督巡出来一趟，少说也要收上上百个小红包，回到家里一看，其中有一个小红包里包着一张白纸，你说他该去找谁？就算是他比猴儿多一个心眼儿，只怕他也想不起来这个包着白纸的小红包，是哪家商号孝敬他的。如此就说到人家谢督巡的本事了。小红包压在茶杯下面，谢督巡只用眼睛一打量，就知道里面包着的是钱还是纸？不光是能看出是钱是纸，还能看出是多少钱，包着十元钱的纸包和包着五元钱的纸包,那是不一样的。连这都看不出来,派你上街去督巡个什么?

如果你以为谢督巡就是靠这些小红包发的财、买的房、娶的"小儿"(外室),那你就大错特错了。小红包再多,也就是找点儿零花钱罢了,做督巡真正的收入,那是尽人皆知而又心照不宣的,那就是在各个地界里的人股。就说谢督巡吧,在他管辖的地段里,一共有二十几家饭店,还有好几家大舞厅,好了,谢督巡这就有了摇钱树了,每家饭店、每家舞厅里都有他的人股,就是不出钱,到了月头,有他一份"毛利",这就够了,这就和他自己开着一座大金矿一样,有花不完的钱,而且只赚不赔。你想想呀,人家都是钱股,投入一份资金,到月头一算这个月亏了,分的利还抵不上利息钱呢,这就算赔了;可是谢督巡没有资金,他是人股,就算你只有一分的毛利,他也全都是赚的,你说这生意做得有多合适?

既然做督巡这样肥,那黄天玄为什么不做督巡去呢?谁说他不羡慕这份肥差呢?不是没有那份"才干"吗?肥水不外流,河东区公所里的十几名督巡,全都是于所长的至亲。谢督巡和于所长是什么亲戚,没有人知道,反正这样说吧,于所长的小舅子,在督巡任上干了四年,肥了,就把这个肥缺让出来了。到了谢督巡的身上,他也干了一任了,四年,可是他愣是没"让",这不明摆着谢督巡比于所长的小舅子还厉害吗?当然,河东区公所的十几名督巡,也不全都是于所长的亲戚,于所长哪里有这么多的亲戚呢?其中至少有三四名是上边分派下来的"公差",顶着人名,顶着官衔儿。"于之渊仁兄如晤:某某某先生怀才不遇、赋闲在家,兄弟深知于所长爱才惜才,特请其持函到你处晤谈,如有空缺,盼能委任其俯就督巡一职,万勿勉强,云云。"下面落款是"市长某某某"。

了得!

可是,你想这督巡一职能有空缺的时候吗?没有办法,于所长只好把他的小舅子辞退了。当然于所长也怕他的小舅子怀才不遇,于是就给河西区公所的所长写了一封信,如法炮制:"某某某仁兄如晤,弟之内弟,通古博今,学富五车,曾于本区公所任督巡一职,廉洁奉公,克勤克俭。近来市长首倡'用人避亲'一说,为匡正政风,弟已劝其退职。无奈其一心报效社会,各方投奔欲谋得一能服务民众之职位。弟深知吾兄爱才心切,故令其持函前往府上面谈,如蒙兄不弃,且又有空缺安排,以弟之愚见,此人以任督巡一职为宜,更盼万勿为难。云云。"

就这样,于所长的内弟又到河西做督巡去了。

黄天玄呢?黄天玄就没有人给他写这类的信函,只要能有这么一张八行纸,这督巡的肥差就算是"拿"了;只是这张八行纸,是那么容易拿到手的吗?

当不上督巡,不是还有司政吗?哎哟,司政的肥差,那就更没有黄天玄的份儿了。

司政是一种什么官职?督巡负责督巡税务、卫生和社会公德,一旦发现有人违法,就要带到区公所里来,交给司政,督巡只有督巡权,他不能代表政府执行法律,司政就是代表国家裁决是非,遵法还是违法,靠的就是司政的一句话。再有,两家商号有了纠纷,督巡没有权力调解,便也要带到区公所来,交给司政了断。

旧中国的事情就是这样,无论什么玩意儿,只要一交到什么人的手里,它立即就变成摇钱树、聚宝盆了。图章,中国人叫戳子,本来是埋在土里不发芽,种在地上不开花的木头疙瘩,可是把这个戳子一交到什么人的手里,这个戳子就变成铁杆庄稼了。小时候,我家门口住着一户姓杨的人家,好大的财势,青砖瓦房,家里是四季的鲜花,家门口子都说这位杨爷是一家大洋行的经理,可是只有我爷爷知道,这位杨爷是码头上的一个小工头,就因为他手里有一个戳子,而且那戳子也只有一个"验"字,由此,他就发了财了。为什么?因为无论是什么货运到码头,杨爷不盖上这个"验"字,工人们就不装船。不把他打点痛快了,他能把你一箱鸡蛋

"晾"在码头上,变成一箱小鸡,再把这一箱小鸡"晾"在码头上,变成一箱老母鸡。你说这样更好,你一箱鸡蛋卖了一箱老母鸡的价钱。没那么便宜,到这时,杨爷在你货箱上盖上"验"了,装船,到了码头一看,一箱老母鸡,只剩下鸡毛了!鸡呢?让船上的黄鼠狼吃了!

所以,培育优良品种,旧中国最大的"成就"就是培育出了一种良种戳子,而且品种越来越"好",绝不退化。

少牢骚吧,你不就是摸不着戳子恨戳子吗?真有人肯把戳子交给你,你就不这样说了。你把戳子往纸上一盖,还说这是"服务",码儿密(天津方言中指猫腻)的事就不说了。

黄天玄,也想有手里攥着戳子"服务"的一天。

当然,这是后话。但如今黄天玄一不是督巡,二不是司政,只是小小的一个录事,他就成了区公所里最被人瞧不起的小职员了。

河东区公所,一共有四名录事,黄天玄的资格最老,他到如今已经在录事任上干了八年,稍微有点儿心计的提升了,再有点儿门路的另谋高就了,黄天玄没辙,就只能在录事任上忍着,也不是一定要你忍,有本事你只管走,中国别的不多,会写中国字且又没有饭辙的人,多得是。黄天玄头一天说不干,一个月二十元的薪水,立时就有上百人来争。那时候天津卫拉洋车的,一天能挣两元钱,在区公所做小录事挣的钱只有拉洋车的三分之一，也算是分配不公了，可是爱干不干，嫌当录事挣得少，你也拉洋车去，不是没有那份力气，而是拉不下那个脸来嘛！忍着点儿吧，您哪！黄天玄就一口气干了八年的录事。

说学问，黄天玄也算得上是学富五车了。这么大的学问，为什么不去教书？就是在小学做老师吧，一个月也是八十元的薪水，比拉洋车还多着二十元呢。再到了中学，最少一个月也是一百四十元，再到了大学，那就没数了。本来黄天玄也是想做老师的，可是教小学，黄天玄管不住孩子，他没有学过教育学，"天亮了"三个字，别的老师讲一个小时，黄天玄只讲一分钟，再多的话，没有了。黄天玄没有话说了，孩子们的话就多了，不光是说话，孩子们还打逗，闹得满教室像开了锅似的，黄天玄才把这个站起来的孩子按下，那个孩子又跳到桌子上去了，黄天玄再去把桌子上的那个孩子拉下来，再一看，后排的几个孩子从窗户跳出去了。拉倒吧，黄天玄向校长递上去了辞职书。教中学去吧，中学生说黄天玄太守旧，一点儿新学的知识也没有，光讲天地玄黄，一个字讲三天，到了第四天，教室里一个人也没有了，黄天玄只好自己回家去了。教大学去吧，黄天玄不认识"我的朋友"胡博士，大学的门根本就进不去，黄天玄只好守着他一肚子的学问挨饿了。

黄天玄教书不成，曾经有人举荐他到一家茶叶庄去管账，可是黄天玄对于数字历来有一种恐惧感，没半个月的时间，本来清清楚楚的一本账，愣是被黄天玄管成了一本糊涂账。另谋高就吧，茶叶庄掌柜把黄天玄开出来了。黄天玄到处被人家炒鱿鱼，走投无路，凭着一手漂亮的工笔小楷，黄天玄好不容易才谋到区公所录事的职位，他知道自己终无大用了。

录事员，好不辛苦，一天到晚抬不起头来，就是伏在案上抄写公文。那时候没有打字机，更没有复印机，一切官方来往公文，一律要用毛笔在八行纸上一字一字地抄写，最多时一份公文要抄几十份，而且不允许错一个字，一张八行公文纸，抄两百个字，抄到第一百九十九个字的时候，心里一想棒子面涨钱了，一走神儿，把下面的这个字写错了，这张纸就算是写废了，还得重头抄。所以，做录事必须全神贯注，什么杂念也不能有，从早晨一坐下，就要忘了人间烟火，几时把公文抄完，你再问棒子面多少钱一斤。

整整做了八年的录事，黄天玄背驼了，眼睛近视了，眼角烂了，神色呆滞了，行动也迟钝了，简直就和木头人差不多了；再加上一个月二十元的薪水，顾上吃就顾不上穿，一连八年，无论春夏秋冬，他都是一件蓝布长衫。于所长说，一看见黄天玄，这天就一定输钱，牌运准好不了。所以，于所长专门给黄天玄在区公所顶楼找了一间办公室，那上面也有厕所，黄天玄一上楼，一天就再也碰不上任何人了，如此，于所长才时时地能在牌桌上赢点儿钱。

就算黄天玄自知无用，但是生为人也，难道黄天玄就真的没有一点儿非分之想吗？譬如，难道他就不想自己有一天也能当上个督巡、司政什么的吗？当督巡未必就一定要有什么本事，只要你胳膊上戴上一个黄布箍儿，那黄布箍儿上再印有"督巡"二字，在街面上一走，立即就有人往你腰包里塞钱。有人说过一个笑话，说有一天一位督巡老哥，走在街上买了一件新衣服，他顺手把旧衣服脱下来，挂在了电线杆子上，立即就见一个人走了过来，把一个小红包放在电线杆子下边了。为什么？原来挂在电线杆子上的那件旧衣服袖子上，有一个区公所督巡的黄布箍儿。

黄天玄听说，山东省政府的主席韩复榘，要看看省政府的官员们到底是几点钟上班？于是，一天早晨，他早早就到了省政府，端坐在办公室里，静等抓几个迟到的懒虫问罪。说来也巧，本来省政府上下人等全都是十点钟才露面的，正好昨天夜里有两个小职员在外面打牌，整整打了一个通宵，天亮散局，两个人搭伴回家，走到半路，正好从省政府门口经过。其中的一个就对另一个说他憋了一泡尿，这样两个人就叫开了省政府的大门，进到省政府大院来想小解。才走进省政府的大门,这两个人就看见韩主席正在办公室里坐着呢,两个人二话没说,坐到自己的办公桌前,就装模作样地办起公来了。韩主席一看,这两个人这么早就到办公室工作来了,再等这个办公厅的厅长,直到十点还没露面。一拍桌子,韩主席就发下了命令,立即把这两个职员提升为厅长,把原来的那个厅长就给免职了。可是一个厅不能有两个厅长呀,韩复榘一开动脑筋,就把那个憋尿的人提为正厅长了。你想想呀,那个憋尿的人进到省政府来,在前面跑得急,自然一副公务在身的神态,全心全意。好!就是这个人了,于是这个老兄就因为一泡尿当上厅长了。

只可惜天津市的市长大人不像韩复榘那样对他的下属督察得那样严格,天津市的市长觉得天津市的各项事情都办得这样好,想必他的下属一个个都兢兢业业的,自己放手让他们干,还怕他们束手束脚,再不时地去督察,未免就太不相信下属了。如此就可怜了黄天玄的一番辛苦,黄天玄每个月至少有半个月要在区公所里过夜,一份公文转下来,明天八点要,无论是抄多少份,也要按时完成。如此,黄天玄常常一抄就是一个通宵,第二天还得照常上班。没有人问过黄天玄昨天夜里是在哪里过的,也没有人问过这份公文是如何抄出来的?连个夜餐补助都没有,那年月真是太不讲理了。

所以，黄天玄总是想，生不用封万户侯，但愿一识韩复榘。像黄天玄这样的人，只要被韩复榘碰上一次，立即能飞黄腾达起来，偏偏他没有那份造化，韩大人只管山东，破格提升的事是落不到黄天玄头上的。

话再说回来，连砖头瓦块还有个翻身的时候呢，怎么黄天玄就一件好事也遇不上？黄天玄一肚子学问、一副好心肠、一把好年纪，怎么就一连八年不见天日呢？"地也，你不分好歹何为地？天也，你错勘贤愚枉做天！"关汉卿早就把事情看透了，所以才骂了一句闲街。

黄天玄比关汉卿有修养，他怀才不遇，绝不怨天尤人，他还是一面埋头苦干，一面恭候天恩。这就和当年大多数人一样，心里边不服，可还是要老老实实地干活，一边干活，还一边打听上边有什么精神，打听不出精神，还是照样不误干活；打听出精神来，自然就会有别的法子。黄天玄跟老老年间的我，都是一个模子刻出来的德行，他不会有第二种活法。

2

　　腊月二十三,灶王爷升天,从此,年关就算是近了。

　　早从一进腊月,天津市面上就繁荣起来了,吃喝穿戴,没有卖不出去的东西。天津人的习惯,一年存够了钱,到了年底一起花;当然也有人家是平日没有钱买什么东西,临到过年了,好不容易凑点儿钱,一家老小添两件新衣,再到除夕那天一家人吃一顿猪肉白菜馅的饺子,也就过出年味儿来了。如此,也把天津卫搅得热闹非凡。

　　一到了腊月二十三,区公所里不见人了,一个大院子空荡荡,一丝声音也没有。人呢?全上街督巡、司政去了。至于于所长,那就更是见不到面了,往他家送礼的人排成了队,他老婆、儿子出来受礼。于所长呢?他送礼去了。区公所里的人给于所长起了一个绰号,叫"于洒纳"(天津方言中,"洒纳"是礼尚往来时的客套话,即"笑纳"之意),他往上边送礼,总要在官礼上挂上一个红缎带,上边写着"某某大人洒纳"。别人给他送礼,他也洒纳,现金自然要他自己亲手收下,至于鱼呀、肉呀什么的,也就不值得洒纳了,家里出来一个人收下就是了,连送礼的人是谁,都用不着问。

于所长这么大的身份,怎么还要给人送礼呢?他不是也有上峰吗?就说前边说过的市长大人吧,他年内荐来一个人到河东区公所俯就督巡一职,如今到了年关,不正有了晋见市长大人的机会了吗?平白无故的,那市长是想见就能见得着的人吗?这样就好了,到了市长大人的府邸,把片子呈上去,怕市长把自己忘了,还向秘书说明今年市长交自己办过一桩小事,再给秘书一点儿小小的纪念品,譬如一只手表呀什么的,秘书就把话传到市长书房里去了。正赶上今天市长高兴,"请"!这就算是有了孝敬的机会了。

"市长大人,卑职河东区公所所长于之渊。"

"知道,知道。"市长记忆力不错,知道有这么个人。

于之渊受宠若惊,垂手恭立,向着市长行了一个大鞠躬礼,然后才毕恭毕敬地向市长说道:"平日里知道市长日理万机、诸事缠身,便总也不敢造次打搅。"

"啊,我听人说了,河东区公所的工作做得不错,很好,很好。"市长点了点头,算是对于之渊的赞许,于之渊就更兴奋了。

"不才承蒙市长错爱,得以委任河东区公所所长一职,已是备感知遇之恩了,所以,凡是市长指训,一定照办无误,种种不当之处,还望市长严加督责。市长深知,河东区公所实乃一清水衙门而已,春节将至,无以表示,只好以本区一点儿特产恭请市长大人洒纳,不成敬意,尚请市长大人海涵。"

如此,这份官礼就算是送到了。

不过,也许人们要问,天津的河东有什么特产呢?大洋钱呀,洋钱票不就是河东的特产吗?一张钱票送上来,市长大人一"洒",够数,值得一"纳",这就算是收下了,明年的河东区公所所长,还是于之渊。

除了给市长大人送礼之外,需要于之渊亲自去送礼的地方自然还有许多处,这里就不多说了。咱们没做过区公所的所长,不知道哪些地方要送礼,事不关己,高高挂起,咱们还是说咱们的正事吧。

区公所所长大人忙于送礼,这区公所里的事就全交给下属人员了。而且一到年关,区公所里最忙,忙什么?不外乎就是送礼呗。中国是一个送礼大国,人人送礼,层层送礼;区公所里的这些人,每天只是收礼,就忙不过来了。怎么送礼会送到区公所里来了呢?这送的是官礼,送到各家各户去的礼,早就悄悄地送到家里去了。除了家里的礼之外,还得有一份官礼,这份官礼就要送到区公所里来了。

每年一定要给区公所送礼的,除了各家字号之外,大体上还有这样一些"单位"——河东清洁队、摆渡口、自来水公司、电灯房、杠房,杠房也就是如今的殡仪馆,还有各个地界里的青皮混混儿、卫理公会、戒烟所,戒烟所也就是卖大烟的地方,再就是赵家窑的妓院、舞厅……如是,全区公所的人就一起上阵,忙起收礼的事来了。

这当中,唯一不参与此事的,就只有黄天玄一个人。他为什么不下来收礼?轮不到他的头上。再说,这一阵也正是他最忙的时候,一到了年关,来往公函堆成山,所有的事情都要在年关了断,各家各户的糊涂官司、拖欠的债务、房产纠纷,还有许许多多的慰问、给各界贤达的贺年信,一件一件全要黄天玄一个字一个字地抄写,有的还要由他拟文。每天忙得黄天玄连小解的时间都没有,公文还远远没有抄完,大年三十了,对不起,黄天玄还要接着抄,过了年一上班,这些公文一律得交上去,没有抄完,明年你就回家喝西北风去吧。

如此,黄天玄就要在区公所过年了。为什么不能把公文带回家抄去呢?规矩,区公所的公文属于官方文件,一律不得带回家中抄写,再说,区公所作为一级政府机关,过年也要有个人值班。留谁?自然大家一致推举黄天玄了。

也算是上司的体恤,早在还看得见上司的时候,上司就留下了话,说是大年三十的那一天,到了晚上,区公所里只留两个人,一个自然是黄天玄,另外还有一个勤务常老头。下午五点,让黄天玄先回家去吃一顿年饭,年半夜一点,黄天玄一定要赶回区公所,换下那位勤务常老头,让人家也回家去过个年。

欺侮老实人嘛!可是谁让你是黄天玄呢?人家所长从一进腊月,就看不见人影儿了,各位督巡、司政到了大年二十三,也都再没有露过面,就只有几个小录事,每天还是一个劲儿地抄公文,其中大胆儿的录事也上街找外快去了。拎上一个篮子,犯不上客气,见到字号就进,推开门先敬一个外国礼,然后自报门户"河东区公所",二话不说,里面的人就送出来一份"好处"。这不叫搜括,上面也不追究,心照不宣,就是这么一点儿"好处",再想捞,明年见了。这一趟能捞多少,反正过年够了。也有的地方不给"好处",譬如肉铺、鱼摊,敬个外国礼,卖肉的给割一块肉,卖鱼的给捞一条鱼,肉无论肥瘦,鱼无论死活,不许挑不许拣,更不许指定要什么,官面上管这叫"喝汤",就是跟在括地皮人的后边,喝点儿汤。一来总听见有人说"上街喝汤去了",指的就是做这种事去了。

黄天玄最可怜,他连上街"喝汤"的机会都摸不着,也就是大年三十下午五点,按照上司事先的安排,该到黄天玄回家的时候了,路上他也喝了一点儿汤。他路过一家肉铺,本想买一块肉,进到肉铺,肉铺掌柜见他胸前别着区公所的小牌牌,以为他是进来"喝汤"的了,就给他割了一块肉,全是大肥膘。路过一个鱼摊,也是为了这个小牌牌,人家给了他两条死鱼,卖菜的塞给了他两棵白菜,卖馒头的给了他几个馒头,就这样满载而归,他这一年也算没白过。

在家里吃了一顿年饭,听老婆数落了一阵日月的艰难,喝了两盅酒,骂了一句:"这是什么世道?"老座钟敲了十二下,他赶紧往回赶,区公所里那位勤务常老头还等着回家过年去呢。

匆匆忙忙,一口气跑回区公所,见到那位勤务常老头,连连地说对不起,实在是自己贪杯,竟误了大事,赶紧回家,你好好在家里和老婆孩子团聚,明天天亮之前,你只要赶回来就行,好在也没有什么事,就是留个喘气的罢了,就是来了巡察,我也说你到街上巡夜去了,谁也挑不出错来。

黄天玄和常老头说完话,正要上楼,忽然常老头一伸手,把黄天玄拦下了。

"黄先生,我这里还有点儿事。"

"什么事?"黄天玄回过头来问道。

"这下边,还关着一个人呢?"

常老头说的下边,指的是区公所里的地下室,平日督巡们带回区公所的人,就常常关在这个地方,也就相当于拘留室。但区公所拘留人，不得超过三天，到了第四天，该送什么地方，就得往什么地方送。当然这里面也有猫腻，看管地下室，也就是看管拘留所，是勤务的事，进来一个人关了三天，看守就往上报五天。因为关一个人，一天是五毛钱的伙食费，多报两天，能吃两天的空额，各行各业不是全有自己的门路嘛，这也是找点儿外快。

"怎么？大年三十，你们还扣人呀！"黄天玄虽然从来没有过问过关人的事，但他知道人之常情，除了人命官司之外，区公所不会到大年三十，还把人关在里面的。

"哎呀，黄先生，您老也太高抬我了，凭我一个勤务，怎么也敢扣人呢？"勤务常老头对黄天玄说着。黄天玄一想，常老头说得也有道理，凭他一个常老头，上街的时候连区公所的牌牌都不许佩戴，就是有人在他鼻子下边杀了人，他也没有权力往区公所里带，那地下室里的人怎么会是他扣下的呢。

"就算不是你扣下的，可是到了大年三十，你也该把人放了呀？"黄天玄才说完话，他自己就明白说错了。既然常老头没有权力扣人，他又怎么敢放人呢？算了，这些事就不要追究了，反正现在的事是地下室里扣着一个人，而如今看守常老头又要回家过年，区公所里只剩下了黄天玄一个人，你说说应该怎么办吧。

黄天玄站在楼口上怔神儿，常老头就向他述说事情的经过："人是谢督巡带来的，一个年轻的女子，咱自然也不敢问是什么人犯。本来到了第三天头上，谢督巡会有办法处置的，可是谢督巡一连五天没露面，想必是他街面上的事情多，就把这个人忘了。"

"谢督巡没露面，你还可以问别人的嘛。"黄天玄又说了一句废话。他也知道，一过了腊月二十三，区公所里就只剩下几个小录事了，你让常老头去问谁？

"所以，我才想向您讨个示下，您老若是说，这个人还要在地下室里扣着，我想那就得委屈您老到楼下来，看着这个人，大年三十的，一个年轻女子，万一在地下室里寻了短见，明年一上班，咱们谁也说不清……"

"可是，可是，我楼上还有公事呀。"黄天玄跟常老头说自己还要在顶楼抄公文，再说地下室十五度的灯泡，也没个桌子，自己总不能坐到地下室来抄公文呀；而这些公文，一过了年，上边就要用，公事那是耽误不得的。

"这样吧，我随你到地下室去看看这个人。"黄天玄，好人一个，他不能不让人家常老头回家过年，于是就想出了一个主意，想先看看这个年轻的女子，然后再说怎么办。

随着常老头，黄天玄下到了地下室。地下室，好黑，好臭，扣人的地方，会是好地方吗？人间地狱嘛，就是受罪的地方。黄天玄屏住呼吸,站到地下室的窗边,隔窗往里一看,墙角里,正蜷缩着一个女子,她双手抱着膝头,头埋在胳膊里,一声不吭地坐在地面上。就在这个女子的面前,还放着一块干烧饼,明明是连"晚饭"也没咽下去。地下室里很冷,这女子冻得全身哆嗦,远远地站在窗外,连她牙齿打战的声音都能听到。一时,黄天玄动了恻隐之心,他觉得,即使这是条杀害亲夫的毒蛇,也不应该这样对待她。

年轻女子听见脚步声,头也没有抬一下,她只是把身子缩得更紧,还是把头埋在胳膊下边,只是哆哆嗦嗦地说着:"我不出去,我不出去。"

黄天玄明白了,这是一个无家可归的女子,年三十放她出去,她还真没有地方好去。住店吧,天津卫的客店,一过了腊月二十三,就要清店,你想在店里住,人家店主还不留你,留客过年,那是一件不吉利的事。腊月二十三,店家封店,点香燃烛,供上神像,摆上供品,一直要到来年的正月十六,店家才开门纳客呢。开门之前,还有一番仪式,店主要把一条活鲤鱼放进大河里,这叫放生,然后才放鞭炮,开市大吉,一年的好生意又开始了。

当然,天津又建成了许多大饭店,什么皇宫、皇后、惠中、交通、国民饭店,那是越到过年越热闹的地方。但那里面住的全都是陈白露那样的交际花,换个新潮的说法,就是被人包养的姐儿,这些人是要在宾馆里过年的。人家每天全是上万元的花销,到了过年花销更大,财神娘娘呀,宾馆是舍不得把这些人请走的。君不见如今许多大宾馆里就有许多抱着小巴儿狗在大堂里走来走去的漂亮妞儿吗?一开始我也不知道她们都是些什么人物,后来有人告诉我说,那是被人包养的姐儿,我才知道世上还有这么一种"宝贝儿"。

可是如今,这个女子连"捅"督巡的钱都没有,否则她怎么会被带到区公所里来呢?你放她出去,她可是真的就要流落街头了。

唉,为难了。

不放常老头回家过年,道理上说不过去;把年轻女子关在地下室里不管,人情上说不过去;自己放下公文下来看守年轻女子,公事上又说不过去。面对这三个过不去,黄天玄怔在了地下室里,他是一点儿主意也没有了。

"黄先生,我出个主意,您老看行得通行不通。"常老头看黄天玄为难的样子,在一旁说了话。

"你能有什么好办法?"黄天玄向常老头问道。

"我看这个女子一不是杀人放火的凶犯,二又不是坑蒙拐骗的坏人,又赶在大年三十,又赶上了您老人家这样一个好人……"

"你就快说应该怎么办吧。"黄天玄心里惦着他那些等着抄的公文,便着急地催促着常老头说。

"我看,送人送到家,救人救到底,您老又是在楼顶上抄公文,索性您老把她带到楼顶上去,一边抄您老的公文,一边看着她。有什么事,明天一早,按每年的惯例,大家一起到于所长家里去拜年,在那里遇见谢督巡,咱再把他拉到区公所里来了断这件事,今儿晚上,您老就算是积德行善。"

"她若是跑了呢?"黄天玄疑惑地问道。

"她一个小女子,又是在楼顶上,您老把楼道上的大门一锁,她如何会从你眼皮子下边跑掉呢?"常老头对黄天玄说道。

"可是她一个女子,我一个男人,也不方便呀。"黄天玄还是拿不定主意地说道。

"您老已经是快五十岁的人了,她才至多二十岁,您老做她的老爹,岁数都足够了,怎么还会在她的身上打主意?再说,论人品,您老是人中的圣贤,就是这女子栽赃,日后也不会有人信的。到时候,我常老头就是人证。"常老头说着,就打开了地下室门上的大锁,站在门口,常老头对地下室里面的女子说:"今天算是你有好运气,遇见了好人,跟着这位先生到楼上去,暖暖和和地过个年,有什么事,过了年自会了断。可是,咱可是把话说在前边,到了楼上,你可不许和这位先生捣乱,你别看这位先生文弱,他手里可是有电棒,拿出电棒来电你一家伙,那可是够你受的。听见了没有?"

那女子先是不敢相信,后来慢慢地抬起头来,向黄天玄看了看;看相貌,面前的这个人倒也不像是"公仆",这才放下心,缓缓站起身来,想随黄天玄往上面走。走出地下室的铁门,这个女子还对黄天玄说了一句话:"你放心吧,我不跑,我也没有地方好跑。"

就这样,常老头走了,黄天玄上楼了,那个年轻的女子也到黄天玄的公事房里过年来了。

到了楼上,黄天玄把办公室的房门关好,再把几处的窗户关严,看着这个人犯是逃不出去了,便又让这个女子坐下,还给她倒了一杯热水。那女子接过水杯,嘴唇才挨到杯子边儿上,立时泪珠儿就扑簌簌地流了下来,这个女子也顾不上拭眼泪,只往嘴里吸热气儿,直到把这杯热水喝下了一大半,这女子才向着黄天玄扑通一声跪在了地上。

黄天玄全神贯注地正在抄公文,只听见扑通一声,还以为是年轻女子要跳窗逃跑,立时他就警觉地站起身来,摆好一个架势,要和这个女子来一场恶斗;但他突然看见自己的面前跪着一个女子,立时又没了主意,束手无策,一阵发慌,他真不知道如何是好了。

"使不得,使不得,你这是要做什么?"黄天玄向前走了一步,想把这个女子拉起来,但想到男女授受不亲,便又退了回来,远远地站在那个女子的对面,黄天玄半天没有说出话来。

"你别给我下跪,我没有权力放你出去。"黄天玄对这个女子说。

"我感谢先生的一片好心,刚才在地下室里,我还想过,难道过年我就连一杯热水也喝不到嘴吗?先生赏了我一杯热水,就是赏了我人间的温暖……"满嘴的时新名词。听得出来,她至少是中学的文化程度。

"快站起来,有什么话慢慢说。"黄天玄对那个女子说道。

那女子缓缓地站了起来,正想往黄天玄身边走近一步,但她看见黄天玄向后退了一大步,于是才停住脚步,又坐在了椅子上。

看着这女子安静了下来,黄天玄想起刚才在地下室里看见她的时候,她身边还放着一块干烧饼,又是发了善心,黄天玄向那个女子问道:"还没吃饭吧?"

那女子摇了摇头,回答黄天玄说:"哪里还咽得下饭?"

"给你!"也是一时的冲动,黄天玄想也没想,就把自己带在身边准备后半夜吃的几个糖馒头递给了那个女子。

那女子接过糖馒头,好半天没有动,想了好久,她才小声地向黄天玄问道:"先生,你可是正人君子?"

本来,黄天玄应该对那个女子骂一句的,可是也难怪那女子多问一句:"天知道谁会安的什么心?"

"唉,你吃吧,天底下,不会没有一个好人的。"说来也怪,也不知是怎么一回事,说着话,黄天玄竟然觉得眼窝发酸,若不是强忍着,他真的就要掉眼泪了。

听过黄天玄说过这句话,只一张嘴,那个糖馒头就被那个女子吞下去了,直吓得黄天玄眨了半天眼,他一辈子没见过这样吃东西的,怎么连嚼也不嚼一下呢?

那女子喝了一杯热水,又吞下了一个糖馒头,忽然想起自己是一个人来了,于是她端端地坐在了椅子上,抬起手来,用手指梳理了一下头发,再掏出手绢来,拭了一把脸。黄天玄再向那个女子望去,他呆了,如花似玉,黄天玄的眼前坐着一位好不漂亮的姑娘。

赶紧低下头来,黄天玄又抄起他的公文来了。

"也是我不走运。"那女子想起自己是一个人了,她也就想起自己被带到区公所的缘由来了。"怎么我就晚来了一天,到地方一问,说是回家过年去了,我从家里来投奔她,她又回家去了,想找店住下吧,谁料想你们的人正在店里卧底,一下就把我带到这儿来了。"

"老老实实地你就在椅子上坐着。"黄天玄打断那个女子的话,头也不抬地说着,"我这里正在抄公文,不能走神儿,你的事,我不想知道,你也用不着告诉我。不是说过了吗?明天一早,常老头去找谢督巡,该放你,自然就把你放出去,该送你,自然也有收容你的地方。"

"我没犯法,往哪儿送我呀?"那女子还是说着,"实话告诉先生吧,我也是个女学生,先生若是忙不过来,我还真能替先生抄几份公文,先生别以为我一个女子的字写得秀气,好多人都说,我的字是柳骨颜筋呢。"

"那你为什么不在关外找点儿事做?"黄天玄好奇地问道。

"关外不行了,歌厅、舞厅全关门了。"

"你是舞女?"黄天玄还是不抬头地问道。

"我唱歌。先生没听出我的嗓音好吗?我给先生唱段《夜来香》怎么样?"说着,那女子就唱了起来。

"放肆!"黄天玄大喊一声,要把那女子的歌声压下去,抬起头来,怒目相视。黄天玄对那女子恶凶凶地说道:"你若是捣乱,我就再把你关到地下室去。"

"哎呀,先生,今天是大年夜,家家户户全是高高兴兴在唱呀跳呀什么的,看得出来,您老比我更不走运,没有人想着咱,咱为什么不自己乐乐呵呵地也过个年呢?先生,不怕你看不起我,在关外,想听我唱歌,还得花钱呢。我不打扰你,你抄你的,我唱我的,以后我再想见到你,不容易,你再想听我唱歌,也就得花钱了。"说着,那女子又唱了起来,《夜来香》本来就是一支有点儿野性的歌曲,这女子又是东北口音,经她一唱,果然野味儿出来了。黄天玄头一次听到这样动听的歌声,而且更是头一次有人为他一个人唱歌,低头抄着他的公文,他也不打断这女子的歌声了。

…………

一夜无话,第二天早晨,区公所全体人员去于所长家里拜年。这里说说区公所里不成文的规矩,给顶头上司拜年,历来是一件大事,一到了大年初一,马路上跑得最快的,一准是往领导家里奔的下属。此时此刻,领导正端坐在家中,等着他的下属拜年来呢。第一个到的,就是对领导最忠心的一个,过了年就有香饽饽吃;最后一个到的,还说自己是去给老丈母娘拜年的,从领导的家门口路过,才进来给领导拜年的,等着吧,一准有你的小鞋穿。

所以,区公所的同仁就想出了一个好办法,谁也别早,谁也别晚,大年初一头一天,准在早晨八点,大家一同站到于所长家的大门口,出来一个嗓门大的人,喊一声:"给所长拜年!"再一齐行三鞠躬礼,于所长出来和大家一见面,这就算是拜过年了,再来,于所长也就没有时间见你了,于所长还要给他的上司拜年去呢。

站在于所长家的大门外边,黄天玄也是排到最后一排,督巡、司政们,全都把前面的位置占下了,好在黄天玄也不巴结于所长,巴结也巴结不上,于是就远远站着,好在在他后边还站着一个常老头,那就更靠不上前了。

人员到齐,于所长出来接见,也不往宅院里让,该来的,年前也来过了,年前没来的,此时来不来,也无所谓了,出来见一面,就算是赏他们脸了,再说上一句:"谢谢各位的辛苦,来年还盼大家共同努力,共同为河东居民谋幸福。"就算拜过年了。于所长转身回院,众人散伙,该督巡的督巡去了,该司政的司政去了,小录事们也忙着录事去了,河东居民又过上"太平"日月了。

就是在于所长家的大门外,常老头找到了谢督巡,把他拉到一旁小声地在他耳边说了几句话,谢督巡一拍屁股说道:"哎呀,我怎么就把这件事给忘了呢?"然后掏出一元钱来,塞给常老头,这才又对常老头说道:"我正忙着去各处拜年,区公所我也先不去了,你赶快回到区公所去,把那个女子放了,再吓唬她两句,说若不是赶上过年,非得严办不可,别让她觉得咱扣错了就行。"说过,谢督巡就匆匆地走了。

常老头和黄天玄一起回到区公所,按照谢督巡的吩咐,常老头把那个女子放了,然后常老头在楼下看门,黄天玄在楼上抄他的公文,平安无事,新的一年又开始了。

3

老托尔斯泰有一句名言,他说:"幸福的家庭都是相似的;不幸的家庭各有各的不幸。"和这个道理一样,普天之下,无用的人的日子都是相同的,而有用的人的日子才一天一个样儿。

黄天玄在河东区公所做了八年小录事,每天的日子都是一个样儿,八年如一日,没有一点儿变化,春夏秋冬一个样儿,下雨和晴天一个样儿,领导在和领导不在一个样儿,无论是袁世凯做皇帝,还是曹锟做大总统,对于黄天玄来说,也全是一个样儿。

就是有的时候,黄天玄遇到了一点儿什么出其不意的事,那也改变不了他的生活,遇见这件事和没遇见这件事,对于他来说,也还是一个样儿。

就说这一天吧,黄天玄就遇到了一件出乎意料的事,这已经是春暖花开的日子了,正是天津卫市面百业兴旺的好时候,各地的老客们又先后返回天津,一船一船的洋货又不停地往天津运,有钱和没钱的人们又一起涌到了天津来,一年之计在于春,春天正是人们碰运气的好时机。

这一天晚上,黄天玄下了班,回到家里吃过晚饭,和老婆吵了几句嘴,心里烦闷,一抬脚,他就走到街上来了。将身儿来至在大街之上,他没事,也没有人注意他,他就信步往前走。走着走着,他觉着不对,怎么又是往区公所的方向走呢?向后转,他就朝相反的方向走去了。

朝着相反的方向一走,他就走到了一个不属于他的世界里来了。这里面灯火辉煌,人山人海,商场一家挨着一家,歌厅、舞厅更是不计其数。看着天津卫有这么多的歌厅、舞厅,黄天玄心里也是想不明白,就是你把全天津卫的人都叫出来,再全都赶到歌厅、舞厅里去,这么多的歌厅、舞厅也仍然是装不满;何况天津卫还有那么多的人不进歌厅、舞厅,当然其中既有正人君子,也有人是嫌歌厅、舞厅白花钱,人家串胡同找姐儿去了。虽然歌厅、舞厅过盛,最红火的维格多利舞厅,每天晚上也只有三成的客,但是舞厅还是要开这么多,舞厅开得多,而舞客不够,于是各家舞厅就使出全身解数来招揽舞客,那办法真是无奇不有。先不说家家舞厅门外都是亮着一闪一闪的霓虹灯,就是每家舞厅门外的巨幅歌女、舞女照片,也够让人看一阵子的了,再加上这些歌女、舞女一个个全都是光彩照人,那就难免要把许多老实人勾引到舞厅里面去了。

不过,你尽管放心,那舞厅门外的舞女照片无论多迷人,你也休想把黄天玄勾引进去。为什么?黄天玄是正人君子,而且他没有钱。所以,没有钱的正人君子黄天玄就是出来遛马路的,明明是从舞厅门外经过,他也是目不旁视,只一个劲儿地低头走路。他出来就是躲老婆的,在大马路上走一阵子,等老婆也觉得对自己不可期望太高了的时候,自己再回家睡觉。

"夜来香……夜来香……"在大马路上走着,远远地飘送过来一个女子唱歌的声音,还有乐队伴奏。黄天玄自然知道,这又是舞厅勾引舞客的一个办法,家家舞厅全都把大喇叭拉到门外,把音量开得大大的,把里面歌女的歌声向大街播放,好把路上的行人勾引到舞厅里去。最先,黄天玄也没在意,如今到处在唱《夜来香》,再好听的歌,天天听,也就听得乏味了;那就和听刮风一样,一点儿也不往心里去了。只是,这家舞厅里的歌女唱得也真是动听,大喇叭里,歌女一面唱着,舞客们一面叫好,掌声、叫好声比歌女唱歌的声音还大,看得出来,这位歌女当今正在走红。

一面在马路上信步走着,一面听着舞厅里传出来的歌声,黄天玄倒也把在家里挨老婆骂的事忘掉了。可是,走着走着,他忽然停下了脚步,他感到《夜来香》的歌声变得遥远了,转回身去,再往回走一段路,这时才又听清了《夜来香》的歌声。还是那段歌词,还是那位歌女,还是那些舞客,还是歌声和喊好的叫声混成一片,听着听着,黄天玄觉着心里好似沉了一下,他想起除夕的那天夜里,在区公所的楼上,一个落难的女子给他唱这支歌的情景了。黄天玄不是歌迷,但那天夜里,能有人为他唱一支歌,也使他过了一个喜喜庆庆的除夕夜,直到如今,他心里还萦绕着那动听的歌声呢。

心里想着除夕夜的情形,黄天玄顺着歌声传来的方向,往前面走去,不多时,他走到了一家舞厅的门前。好家伙,这舞厅好不阔气,舞厅门外的霓虹灯,把整条马路照得和大白天一样,再向那舞厅里面望去,那就更是热闹非凡了,人出人进,舞厅门外停着小汽车,看得出来,里面唱歌的歌女,把天津卫有钱的大爷全吸引来了。

"东京歌女桂桂子伴舞献歌。"

几十盏耀眼的聚光灯,照出了舞厅门外的一幅竖标,竖标好长,从三层楼顶一直拉到地面,从好远就能看清竖标上的大字:"东京歌女"。这又是舞厅老板会做生意了,他不写日本歌女,说是日本歌女,人家日租界就要出面干涉:"我们日本国的歌女为什么到你们中国的舞厅去唱歌?你们听歌的,全是一些什么人?够资格吗?"自然会有一番交涉。人家舞厅老板说是"东京歌女",这一下,谁也挑不出错来了,东京虽然是日本的国都,可是东京歌女,并不一定就得是日本歌女,只要是从东京来的,全都是东京歌女,而且只要是一沾上东京的边儿,歌就一定唱得好,地道原装货,卖得上好价钱。

心里边胡思乱想地站在舞厅门外,黄天玄再一抬头,哟,舞厅门外大玻璃窗里,还放着这位东京歌女的玉照呢。桂桂子,一个东洋名字,听着就有味儿,莫怪舞客们都往舞厅里跑,一定是人们觉着花钱听这个人唱歌不上当。

只是抬头一看桂桂子的玉照,黄天玄呆了,这个桂桂子看着好面熟,像是在哪里见过。可是黄天玄从来没有进过任何舞厅呀,他又没有做过督巡,他怎么会认识舞女、歌女呢?摇了摇头,黄天玄以为自己看花眼了;可是,再一抬头,再细看看,没错,这个人见过,绝对是见过。

可是,这个桂桂子是谁呢?黄天玄立在桂桂子的玉照前面想了好半天,站在桂桂子的照片前发呆,引得马路上的人直冲着他做鬼脸儿,还以为他是看大美人儿呢。

这个桂桂子是谁呢?搜肠刮肚,黄天玄先在自己的亲戚堆儿里想。没有,黄天玄虽然如今落魄,可是到底还是读书人家出身,自己的远近亲戚之中,还不会有人会让自己家里的女儿出来卖唱。亲戚圈儿里没有,再想街坊邻居,也没有,天津人没有别的本事,就是会传风言风语,谁家里若是出了个卖唱的闺女,早就满世界传开了,自己再呆,也不会不知道。

想着想着,突然一拍屁股,想起来了,果然认识,这个桂桂子,就是除夕夜里被扣在区公所里的那个落难女子,果然时来运转,如今红起来了,就成了舞厅里挂头牌当红的大歌女。唉,人也,此一时,彼一时,千万可别把人看扁了。

站在舞厅门外,看着桂桂子的照片发呆,就觉得舞厅的大门似被一阵旋风从里面吹开,噔噔噔,一阵高跟鞋敲地面的声音传出来之后,万花丛中簇拥着一个如花似玉的女子走了出来,正是桂桂子,后边还跟着一群男人,一个比一个胖,一个比一个亮,看得出来,绝没有凡夫俗子。

黄天玄看见桂桂子从舞厅里面走了出来,下意识地,他向后退了一步,自惭形秽,他知道自己碍事,没敢往前挤。这时,街上的人见桂桂子从舞厅里走出来了,立时就拥了过去,原来就在桂桂子在舞厅里伴唱的时候,一些没有资格进舞厅的人们,还等在舞厅门外,要一睹桂桂子的芳容呢。只是桂桂子身后还有好几个保镖,还没容人们往前挤,保镖就跑了过来,一横胳膊,就把那些不三不四的人远远地拦开了。桂桂子也没有看她的那些崇拜者,眼皮儿也不抬,压根儿就没拿他们当人看,一侧身,就钻进开到她面前的小汽车里面去了。看得出来,桂桂子被人接走了。

嗖的一声,小汽车从黄天玄的身边开过去了,也是黄天玄想多看桂桂子一眼,他定睛往小汽车里一看,老天爷,立时黄天玄就出了一身冷汗,小汽车里坐着一个人,这个人更面熟,于之渊,河东区公所的所长,黄天玄的顶头上司。

猛然间一转身,黄天玄把脸转过去,他怕于所长在小汽车里会认出自己,一个公务人员,晚上不好好思考工作,却跑到舞厅门外来看大美人儿,有钱你进去跳舞,也算是正当娱乐,你又没有钱进去享受,却和下等市民混在一起瞧西洋景,这岂不是有点儿太不自重了吗?

开除!饭碗丢了。

等了好半天,觉着小汽车开过去了,这时黄天玄才转回身来,他觉着车里的于所长一定没有看见自己,这样才一面在心里骂自己不该出来遛马路,一面往回家的路上走。

"倒霉!"黄天玄狠狠地骂着自己,生怕惹出什么事来。

4

晴天霹雳、五雷轰顶,当常老头走上楼来告诉黄天玄于所长让他到楼下办公室去一趟的时候,黄天玄就觉得一阵天旋地转,一刹那,他几乎想不起来于所长要找的那个黄天玄到底是哪一个人了。

一直琢磨了半个小时,黄天玄才确认于所长要找的这个黄天玄就是自己,而且刚刚常老头也确实是站在了自己的对面,指着自己的鼻子告诉自己于所长在他的办公室里正等着他呢。他立即站起身来,整理一下衣服,再用五根手指梳理一下头发,喘匀了一口气,一步一步地向于所长的办公室走去。一面走着,自然要一面想着于所长为什么要找自己?自从于所长到河东区公所上任,至今已经有五六年的光景了,于所长虽然知道区公所里有黄天玄这么一个人,但是不知道黄天玄除了抄公文之外,还有什么用得着的地方。怎么忽然于所长就想起了自己?还让自己到他的办公室去一趟。只能有两种可能:一个是提升,一个是丢饭碗。说提升,自己早就该提升了,没有功劳也有苦劳,任劳任怨地一连做上八年的小录事,好歹有点儿良心的,也该派个正差了,怎么这么多肥缺就是派不到黄天玄的头上?说到丢饭碗,也不是不可能,哪件公文抄错了一个字,还是一个要命的字,或者把"造福百姓"后面的惊叹号错写成了问号,一下子天机泄露,炒鱿鱼了,二话别说,乖乖地给人家滚蛋。

走到楼下,已经站到了于所长办公室的门外,黄天玄的心跳得连自己听着都害怕,如此如何见于所长呢?又停了一会儿,觉着似是有了一点儿胆量了,这才举起手来,在于所长办公室的房门上轻轻地敲了两下。

"进来。"房里传出来了于所长的声音,十分亲切,黄天玄没有听过于所长的声音,不知道还有没有比这更亲切的声音;反正听着这声音黄天玄就够感动了,一个大区公所所长,居然让他"进来",难道还有比这更亲切的吗?

心里一阵发热,黄天玄鼓足勇气,走进了于所长的办公室。嗬,真气派,好大的一间办公室,足可以停五辆小汽车,光那张大办公桌,就比黄天玄家的住房都要大,还有一大圈沙发、木椅、书橱、吊灯,看着就让人不敢喘气。本来站在门外时的满头大汗,一刹那就退下去了,黄天玄打了一个冷战,气终于喘匀了。

"报告于所长,录事员黄天玄奉命晋见。"黄天玄不敢放肆,一字一腔,向于所长报告自己"进来"的理由。

慢慢腾腾,于所长抬起了头来,向着黄天玄端详了半天,似是在想什么事,过了一会儿,于所长才向黄天玄问道:"你有什么事?"

咦,这就怪了,如果不是你于所长叫自己,凭我一个小小的黄天玄怎么敢闯到于所长办公室来呢?莫非是常老头拿自己找开心?自己没有得罪过常老头呀,再说谢督巡赏给常老头的那一块钱,自己一分钱也没向常老头要,若不是自己年三十夜里帮助常老头看守那个女子,常老头能得这一元的赏钱吗?

站在于所长的面前,黄天玄怔了好半天,看着于所长实在是想不起来自己为什么到他的办公室来了,黄天玄才又鼓着勇气向于所长说道:"是于所长派常老头到楼上把我唤下来的。"

"哦,是我叫你下来的?"于所长抬头向黄天玄看了看,又似是自言自语,不过到底于所长的记性好,没有想多少时间,他就想起来了。不等黄天玄再说话,于所长就先向他问了起来:"大年三十夜里,是你在所里抄公文了?"

"报告所长,正是卑职因公事不得脱身,而留在所里尽职的。"黄天玄说的话极合规范,既承认自己年三十没有回家,也不向上司表功讨赏,这才叫全心全意。

"哦、哦，不容易。"于所长点了点头，对黄天玄说道。

听于所长说自己不容易，黄天玄眼窝一阵发酸，眼泪就流了下来，抽了一下鼻子，黄天玄才要向他的上司述说自己这几年的苦劳，倒是于所长又向黄天玄问起了话来："那天夜里，区公所就你一个人吧？"

"报告于所长，所里的各位同事，自然全都回家过年去了。"

"你有家吗？"于所长又问道。

"怎么会没有家呢？不过我女人通情达理，她知道公事最要紧，至于过年呢，还是要把为公众服务的事放在先位。"黄天玄一面回答所长的问话，一面寻思于所长为什么要问起年三十他在所里的事。

这一想，黄天玄的汗珠子滚下来了，他想起年三十夜里他在所里看守了一夜桂桂子，又想起了前不久大街上他看见于所长用汽车把桂桂子接出舞厅，而且当时他就站在汽车旁边。了不得，一定是于所长当时看见了自己，天机泄露，这次于所长要打发他回家去了。

"好呀，好呀。"于所长没有发现黄天玄额头上的大汗珠子，点了点头，于所长倒夸奖起黄天玄来了，这一下，黄天玄吃了定心丸，他估计不会有什么大事了。

"公务在肩，尽心尽力，不过是应尽的本分，不敢领受所长的称赞。"嘴巴上是这样说着,黄天玄却晕晕眩眩,难得此生也得到上司的夸奖,只一句话,黄天玄就是累死在小录事的职位上,那也是心甘情愿了。

"干了几年了?"于所长又向黄天玄问道。

"八年了。"

"不容易呀!"于所长又说出了第二个不容易,这时黄天玄似是预感到于所长今天要提升自己做点儿什么事了。

"为人立身,一定要甘于寂寞。"黄天玄向他的上司述说道,这一点,黄天玄和我们当作家的一样,大家一面天天不肯寂寞,一面还天天说着甘于寂寞,其实还不全都是要用甘于寂寞去换取那个不寂寞吗?

"唉,区公所里难得有你这么个人,天玄呀,和你说真心话吧,区公所里,我手下这么多的督巡、司政,没有一个好东西。没有办法,他们不是全有来头吗?你一连干了八年的录事,他们就没有一个人向我说过,到如今你还在录事室里抄公文,就好像是我不知人善任似的……"

"哎哟,于所长,您老可别这样说,是我这些年不知长进,才没有为您老人家分担重任,我我我,我这个人迂腐无能……"

黄天玄还要往下说,于所长一挥手,打断了黄天玄的话:"这样吧,上楼你到督巡处,找到处长,就说我说下了,任命你做督巡。"

"啊?"黄天玄一阵眼前发花,他忙着伸手扶住墙壁,若不是他就站在墙边儿,这一会儿,他非得跌倒不行。

"你去吧。"于所长说完话,就离开了座椅,穿好外衣,似是要办什么事去了。

"那我就真去了?"黄天玄向于所长问道。

"你觉着做督巡委屈怎么着?"于所长向黄天玄问道。

"不不不,我怎么会有那种想法呢?于所长,我是说,我该如何报答您老人家的知遇之恩呀。"黄天玄说着,险些给于所长下跪,眼看着于所长走出办公室,他才明白过来,于所长真是派给了他一个督巡的差事,真真不是拿他找乐儿。

…………

黄天玄穿上督巡制服,戴上督巡帽,别上督巡牌,佩上督巡臂章,他没有上街,离开区公所,一阵急急令,一口气他就跑回家来了。他女人一见他今天这副打扮,立即就冲着他骂道:"老鬼,你是活腻歪了,哪里借来这样一套行头,穿在身上招摇过市,看你不出事来才怪。"

黄天玄自然不理会女人的数落,一屁股坐在炕头上,向着他女人就说了起来:"没想到,咱也熬出来了,我早就说过迟早有出人头地的那一天,你瞧这不就提升了吗?人家于所长是做什么的?我一连八年辛辛苦苦,他不会不知道,不是不想提升我,是得有个机会,还得有个借口,一句话,我就是督巡了,孩子他妈,你也算熬出头来了。"

黄天玄的女人摸摸黄天玄的额头,倒也没觉出发烧,又和他说了几句话,觉着也不像是得了热病,这时,她才放下心来,赶紧出去买面条,今天吃喜面。

　　…………

第二天早晨,黄天玄美美地睡了一个大懒觉,将近十点,他才走出家门。八年小录事,每天早晨准时上班,做督巡十点上街,十二点才到区公所点卯,你说说,这里面是多大的差别吧。

来到大街上一走,黄天玄感到滋味儿不一样了,往日黄天玄在街上走,没有人瞧他,就和没有这么一个人似的;今天走到大街上,远远地人们就冲着他笑,还没有走近大门,人们就向自己打着招呼连声地说道:"黄督巡辛苦。"

辛苦什么呀?做小录事不是比这更辛苦吗?那时候你们怎么不问一声辛苦呢?如今做督巡本来不辛苦了,你们反而道起辛苦来了。唉,人哪,多没劲儿,不就是看在这么一点儿"权"上了吗?

走了一段路,黄督巡渐渐地觉着自己是个督巡了,脚步踩上点儿了,姿势拿好了,气也喘顺了,这时黄督巡就要开始督巡了。

"黄督巡上任第一天,诸事吉祥。你瞧,连天气都格外的晴朗。"迎着黄天玄走过来一个人,五十多岁年纪,黄天玄不认识,只知道他是冲着自己走过来的,便上前点头搭讪。他知道虽然自己已经是督巡了,可是街面上的事,谁也不知道谁的身后是什么人的后戳儿(后台势力),和气生财,别拿大,晴天铺路雨天走,砖头瓦块也有绊倒人的时候。心里想着,黄天玄迎着对面过来的人走过去,客客气气地先致了一个外国礼。

"屋里坐。"迎面走过来的人把黄天玄迎进了一个字号,黄天玄抬头一看,仁记棉布庄,大字号,自己倒先恭敬了起来。

"老掌柜贵姓?"黄天玄先向掌柜问道。

"免贵姓张,平生无大志,就经营着这么一家小布店。"老掌柜毕恭毕敬地对黄天玄说道。

黄天玄举目扫视了一下布店,好大的买卖,还说是小布店,自己平日和孩儿他娘上街,路过这样大的布店,都不敢进,怕人家把自己撵出来。

"我也听同事们说过,贵宝号在天津卫是数一数二的大字号……"

"哎呀,徒有其名,徒有其名呀,字号倒也是不算小,可是也还是一个空架子,这年月生意不好做,一年到头辛辛苦苦,能混上'挑费'也就算很不错了。难呀,这些话,也就是对黄督巡说罢了,对别人说,人家还不相信呢。"说着,老掌柜给黄天玄敬上了一杯茶,黄天玄看得清清楚楚,茶杯下面,老掌柜放上了一个小红包。

腾腾腾,黄天玄的心险些跳了出来,他就像是看见狮子老虎一样,连气都喘不匀了。黄天玄自然知道,做督巡的第一件事就是顺手收红包,等你端起茶杯的时候,老掌柜会故意把眼睛转过去,给你留下时间,好把这个小红包放在衣袋里。黄天玄也想学着人家的经验这样做,可是他总是没有去端茶杯的能力,好几次,他把胳膊举起来,可是哆哆嗦嗦,胳膊重得似系着万斤重石,压得抬不起来。人家老掌柜早就把脸侧过去了,可是等老掌柜把脸转过来的时候,那个小红包还是在茶杯下面压着。老掌柜咳嗽一声,就又转过了脸去,而且人家还故意走到墙角去吐了一口痰,可是,过了好一会儿时间,老掌柜走回来一看,那个小红包还是在茶杯下面压着。"唉!"老掌柜叹息了一声,冲着黄天玄摇了摇头。

老掌柜等着黄天玄把小红包收起来,黄天玄想收红包又缺乏能力,两个人相持了有好半天,最后,直到黄天玄站起身来,向外面走去的时候,老掌柜才把那个小红包塞在了黄天玄的衣袋里,什么话也没说,就是黄天玄觉得衣服口袋被老掌柜抻了一下,老掌柜又推着黄天玄走出店门,这时老掌柜才向黄天玄道别,看着黄天玄走远了,才转身往店里走。

黄天玄口袋里揣着那个小红包,觉着似是揣着一块石头,急匆匆走到一条小胡同里,看着附近没人,黄天玄急不可待地掏出那个小红包来,打开一看,真是钱,虽然是一角钱,不多,可是黄天玄还是打了一个冷战,见着钱了,一条大街几百家商号,一家一角,一天下来,应该收多少钱?黄天玄心里有数,他暗暗地觉着劲头子上来了。

中午十二点,当黄天玄来到区公所点卯的时候,他口袋里装着一元八角钱。当然那些包钱的红纸,他早就在路上扔掉了,走进公共厕所,脸朝里小解的时候,他把一张一张一角钱的票子"打"齐了,心里一阵甜丝丝的感觉,有意思,时来运转了。

为什么只收了这一点儿钱?因为许多商号向黄天玄说了,前任督巡三天之前刚刚督巡过了,他们这里是一个月督巡一次的,如此,那一点点儿"好处",也只能等下个月再孝敬督巡大人了。就这样也行,心里算了算,一个月少说也有七八十元钱了,比做小录事强多了。

下午,没什么事,人家老督巡们美美地睡过一个午觉之后,上街找乐去了,黄天玄一个人不往那种地方跑,别人也不约他一起去,就在区公所打了一个盹儿,怪没趣地也出来了。黄天玄为什么不回家？她女人嘴爱唠叨,黄天玄一进家门,就得听她没完没了地唠叨,听得人心烦,就想找个地缝儿钻进去。所以,黄天玄只要有地方待,就绝对不回家。

可是黄天玄也听老督巡们说过,督巡不能老在街上遛,总在大街上走,人们就看你不值钱了,一定要偶尔露真容,突然露一面,就要吓人一大跳,不知道你是为何而来,赶紧,小红包递过去。再说,总在街上督巡,人家那小红包也就白送给你了,你总要给人家留出空儿来,好做那些见不得天日的事,人家能在你眼皮子底下往酒里掺水吗？

谢督巡出来的时候,问过黄天玄："打八圈去吗？晚上天合居吃饭。"黄天玄知道,督巡们下午大都凑到北方饭店去打麻将,无论谁输谁赢,散了牌局,一起去吃饭,当然是白吃,吃过饭,再各人自己找销魂的好地方去玩,当然,也是白玩。黄天玄不会打麻将,不和大家一起打麻将,自然就不能跟人家一起去吃饭,一个人进饭庄,黄天玄还没有那么大的胆子,拉倒了,别太往里掺和了,找点儿外快就知足了,也是生活所累,不是日子穷,谁也不做这种不是人的事,黄天玄自然知道这钱来得不干净。黄天玄也不是不想凭本事、卖力气吃饭,可是这年头,凭本事的吃不上饭,卖力气的就要受穷,舍下脸皮,黑了良心,洋钱票遍地跑,黄天玄不贪多,够养家就行。

胡乱串了几家门，一来是消磨时间，二来也是让人看看自己终于有了出头之日。先去了小孩姥姥家，泰山老大人看见自己戴着督巡帽，半天没说出话来。联想到过去看不起黄天玄的种种情况，先做了自我批评。老岳父到底说了一些什么话，黄天玄压根儿就没听见，看着时间差不多了，就从小孩姥姥家告辞出来，虽然小孩姥姥已经熬好了鱼，也还是不吃，今非昔比了，别老被人家说自己是嘴馋，才跑来看老丈母娘的。

觉着天时不早了，黄天玄走上了回家的路，说来也怪，也不知道自己是怎么绕得圈儿，回家的路上，又听见了《夜来香》的歌声，好像还是桂桂子的声音，再细听，没错，有那么一点儿野味儿。抬头看看，不是上次听《夜来香》的地方了，桂桂子怎么换地方了？再一想，也不奇怪，不是唱红了吗？各家就争着抢，哪儿给的钱多，就到哪儿唱去呗，艺术这玩意儿，不就是有这么点儿小特性吗？

里面的《夜来香》唱完了，大喇叭里传出来舞客们的叫唤声，一定是还要桂桂子唱，黄天玄也立在舞厅门外等着再听一遍，这支歌好听，桂桂子唱得更好听。但是喇叭里没有传出桂桂子的歌声，好像是换了人，听得见舞厅里人们的嘘声，明明是不买账，还是在喊"桂桂子、桂桂子"，但桂桂子就是不唱了，舞厅里舞客们起哄的声音更大了。

黄天玄不敢在是非之地久留，就转身想早早地走开，但又听见从舞厅里传出来高跟鞋走路的噔噔声，黄天玄没有回头，从舞厅里出来的人，还能有谁呢？除了歌女，就是舞女呗。

"哟，这不是录事先生吗？"

高跟鞋一阵急如风，后面明明是追上来一个人。黄天玄心里一阵发紧，怎么又被人发现了？一个舞女或者是一个歌女在路上和自己说话，这若是被人看见，岂不就要惹大麻烦了吗？可是来不及了，后面的人已经追上来了。

黄天玄停住脚步，不必问，后面追上来的人一定是桂桂子，黄天玄和歌舞界没有来往，也只有桂桂子一个人见过他一面；而且他又刚听桂桂子在里面唱过歌，如今从后面唤他的人，还能是谁呢？

"高升了。"说话间，桂桂子已经站到了黄天玄的对面，她打量了一下黄天玄的打扮，娇声娇气地对黄天玄说道。

"您是……"黄天玄故意装没事人，抬头向桂桂子端详了一下，向桂桂子问道。

"录事先生莫非也是贵人多忘事吗？"桂桂子不相信黄天玄想不起来自己，便娇滴滴地向黄天玄说，"就算录事先生把我忘了，可是录事先生的那一杯热水和糖馒头，我是终生也感激不尽的。"

"哦,我想起来了。"黄天玄装作恍然大悟的样子,看了看桂桂子,这才说道,"好像是年三十夜里的事吧?"

"行了,行了。"远处一阵汽车喇叭声,明明是催促桂桂子上车,桂桂子也没有时间和黄天玄多说话,便一面转身往回走,一面对黄天玄说,"我也对得起你,总算你也高升了。"说罢,桂桂子就登车走了。

"呸!"冲着汽车背影,黄天玄狠狠地吐了一口唾沫,我高升与你一个歌女有什么关系?我是凭着自己八年辛辛苦苦抄公文得到上司赏识才高升的,于所长提升我,也算是伯乐相马了,"总算你也高升了",瞧你说话的口气,就好像是你把我提升做督巡似的。

腾的一声,黄天玄的心沉了一下,他忽然想到,也许自己的提升,还真是桂桂子的暗中相助呢?怎么早不提升,晚不提升,就在自己年三十看守了一夜桂桂子,又看到于所长用汽车把桂桂子接走之后,自己就被提升为督巡了呢?

"呸!"黄天玄又狠狠地吐了一口唾沫。

夜里倒在床上,黄天玄翻来覆去地想着自己当督巡的事。他越想越觉得桂桂子说的话是放屁,凭于所长这么大的身份,应该提升什么人,他自己难道会不知道?再说,他也不能听由一个歌女发号施令呀。可是,提升自己做督巡的时候,于所长先是问了自己年三十夜里是不是在区公所里抄公文？拉倒吧，想这么多事干吗，这不是已经当上督巡了嘛，管他是怎么提升的呢？

糊里糊涂，黄天玄倒也睡着了。睡梦中，他好像被人带到了一个什么地方，抬头一看，阎王殿，牛头马面立两旁，阎王老爷坐中央，再一看自己，被铁链子锁着，明明是被拿了上来。

"你是黄天玄吗？"阎王老爷一拍桌子，向黄天玄问道。

"回禀阎王老爷，在下正是黄天玄。"黄天玄哆哆嗦嗦地回答。

"你是怎么当上督巡的？"哟，阎王老爷什么事全知道，他居然也追问起这件事了。

"承蒙于所长错爱，区公所提升的。"黄天玄理直气壮地回答。

"有人告举你是攀着歌女桂桂子的势力升上来的。"阎王老爷不相信地问道。

"他们胡说八道。"黄天玄毫不客气地对阎王老爷说。

"既然是你凭本事升上来的，那你就回去吧，好生做事，别欺压百姓。"阎王老爷一挥手，放黄天玄下去了。

才走到大殿门口，黄天玄想起了一件事，立即他又转回身来，对阎王老爷说道："禀告阎王老爷，小可今天头一天上街督巡，受了商号一元八角钱的贿赂，想起来，也算是克扣百姓了。"

"哈哈哈。"黄天玄本以为阎王老爷听过自己的交代之后，会命牛头马面打自己屁股的，可是万万没有想到，他竟然笑了起来。

"阎王老爷，刚才您老嘱咐我不要欺压百姓，怎么我向您老悔过自己受了不义之财，您老反而笑了呢？"黄天玄不解地向阎王老爷问道。

"快走你的吧，没看见我这里正忙着呢吗？你收下的那一元八角钱，算个屁，收一万八的还没悔过呢，你才收了一元八就悔过，你这不是拿我开心吗？牛头马面，快把他拉下去，狠狠地打他四十大板，也让他明白明白道理。"

"啪！"一板子打下来，黄天玄一骨碌从炕上滚到地上来了。他女人冲着他臭骂了一句："才当了一天督巡，连睡觉都打滚儿了，再当下去，你还不得把房顶捅透了呀！"说着，一把，黄天玄的女人就把黄天玄拉到炕上来了。

5

全河东地区的字号全知道,新上任的黄督巡是一个大好人,而且胃口不大,每个月孝敬黄督巡的小红包,最多也就是两角钱。打发乞丐,一次还得一分钱呢,怎么孝敬一位督巡就只给这么一点儿钱?黄天玄当然不知道其中的底里,各家商号孝敬别的督巡,自然不会只是两角钱,到底多少钱?黄天玄摸不到底,各家商号看着只要给黄督巡两角钱,他就不来找麻烦,人家自然也就不再给他"加码"了。

黄天玄呢?觉着自己一个月居然能有七八十元的外快,也就知足了,他当督巡的日子浅,还没有培养起吃喝嫖赌的种种嗜好,也不敢搂个十万八万的,给儿子、孙子留下点儿财产,一家商号一个月给他两角钱,就足够他养家糊口的了,这不是比过去做小录事强多了吗?凡事总要和过去比嘛,横着比,当一年督巡买房子的都有,纵着比,不是还有人在楼上抄公文呢吗?身在福中要知福,够不错的了,叩谢天恩吧,爷们儿。

黄天玄尝到了做督巡的甜头，督巡起来自然就格外尽心尽职，两个月的时间过去，他负责督巡的这一段地界，没有出过一件事。商家规规矩矩，民家平平安安，偶尔有个小偷"上路"，也没做过太大的"活"，至于布店里丢一块布头，洋货店里丢一块肥皂，芝麻谷子的小事，人们也就不向督巡报案了。

所以，自然黄督巡上任以来，在他负责的管界里，他没罚过一次款，没往所里带过一个人，没有一个倒霉蛋撞到他的枪口上，他自然更没找过人家的麻烦。街面上的人见到黄督巡，全都是笑脸相迎，黄督巡走在路上，也是满面春风，天下太平，有人说，如果于所长再把黄天玄提升一步，他准能把河东这片地方治理得国泰民安。

只是，话又得说回来了，如果真的国泰民安了，那还要区公所做什么呢？既然设下了区公所，那就是要国不泰民不安的，你黄天玄胸无大志，每个月搂点儿钱就够用了，区公所里的人靠什么活呢？

于是，一天中午，就是在黄天玄到所里点卯来的时候，正好在院里遇见了赵司政，黄天玄上前走一步，恭恭敬敬地向赵司政问了一声好，赵司政把脸一沉，冲着黄天玄就说："好什么呀，连饭都快吃不上了。"

"赵司政玩笑了。"黄天玄以为赵司政是和他说笑话，便也笑着对赵司政说道。

"谁和你说笑话了？"赵司政板着面孔对黄天玄说，"督巡们在外面搂足了，家里的人就没人管了。"说着，赵司政冲着黄天玄白了一眼，再没有说什么，就从黄天玄身边走开了。

黄天玄这里正琢磨赵司政刚才对自己说的话，不远处又传来赵司政和谢督巡两个人的说话声，黄天玄没有回头看，就只是听见赵司政似是骂着谢督巡："好你个姓谢的，上个月你输给我的两百元钱，如今你也不还。"明明是赵司政向谢督巡讨赌债，大庭广众之下，他们也太不知自重了。

而且，更让黄天玄大吃一惊的事，还是谢督巡回答赵司政的那句话，当赵司政抓住谢督巡向他讨赌债的时候，谢督巡当即就对赵司政说道："明天，我给你挂一只肥鸭子来。"

一句黑话，就是明天谢督巡答应给赵司政往所里带一个人来，这个人还得有点儿油水，至少要比两百元多吧，否则，如何抵赌债呢？

真也是暗无天日了，这些见不得人的事，怎么就可以在大院里讲呢？就算是世道黑暗，可是难道你们就连一点儿廉耻都不顾了吗？唉，黄天玄心里沉了一下，想不到自己竟然和这样一些渣滓为伍了。没有办法，光明磊落做人，不是要挨饿吗？好人没活路的时候，做好人有什么用呢？就像是那次见阎王爷时阎王老爷说的话那样,人家拿一万八的还没事呢,你拿一元八的倒先忏悔了,你说不打你的屁股,又去打哪一个的屁股呢?

算了,要想保住饭碗,就得和他们一起做坏事,也算不得是什么坏事,当一切事情都要如此的时候,和大家做一样的事,就无所谓什么好事、坏事。上街,给赵司政往所里挂只肥鸭子要紧。

苍天不负有心人,常赶集,没有遇不上亲家公的时候,黄天玄才想往所里挂货,你瞧,这个倒霉蛋,就撞在黄督巡的枪口上了。

这一天下午,黄天玄来到仁记棉布庄闲坐,和老掌柜聊天,心里想着能不能把老掌柜带到所里去,这可是只肥鸭子。可是督巡了半天,老掌柜没有一点儿违法的事,门前干干净净,生意做得规规矩矩,店里的先生伙计待人接物客客气气,你说该找个什么借口把人家老掌柜带到所里去?

黄天玄这里正犯寻思,就听见从前边铺面里传来了吵闹声,明明是有人和布店里的伙计吵起来了。诸位读者贤达自然知道,在黄天玄做督巡的那个时代,生意人是不敢和顾客吵架的,无论是多刁钻的顾客,人家生意人都不和他吵嘴打架。做的是生意嘛,让顾客高高兴兴地把你的货物买走,这就是生意人的本分。当然时代进步,人们的心态也就不同了,如今什么事都要说个谁对谁不对,顾客找上门来,未必就是商家的不是,万一他故意捣乱怎么办呢?但是,为了保证顾客的安全,各个商场也都制定了公约,这公约的第一条就是不许打骂顾客,你说说,这样一来,顾客不就更有恃无恐了吗?

听见前面的吵闹声,老掌柜就陪着黄天玄走了过来,走到前面一看,果然是一个顾客和布店里的人吵起来了,据这个顾客说,他昨天从仁记棉布庄买走了七尺白布,回到家里一看,布上有一个墨点。当然人家伙计也说了,一定给这位顾客退钱,可是这位顾客说不行,他还要布店赔偿他的一切损失。他都有什么损失呢?他家住在杨柳青,来回的车钱是一元五角,他为了找到布店退钱,耽误了一天的工,这一天他的工钱是四元,而且,昨天因为买了这块有墨点的布,他女人骂了他一句,他一生气,把家里一只祖传的明代花瓶摔碎了,合在一起,你说说应该赔他多少钱吧?

无赖!

对了,被您说中了,这个顾客就是河东有名的无赖,大号和绰号都叫陈梆子。

老掌柜看见陈梆子到店里来捣乱,就走过来想暗中给他点儿钱,把事情了断了,只是老掌柜才向前走了一步,陈梆子立即就向老掌柜喊道:"你想打人怎么的?"吓得老掌柜向后退了好几步。

黄天玄看着这种事,心里有点儿发火了,怎么能够容得这种人为非作歹呢?越过老掌柜,黄天玄一步走了过来,他向陈梆子问道:"你说你买的这块白布有墨点,若是你自己回家在布上滴的墨点,怎么办呢?"

"哟,黄督巡。"你瞧,陈梆子认识黄天玄,不等黄天玄再向他说话,陈梆子又向黄天玄说起了话来,"黄督巡,您老可是官面上的人。"

"官面上的人才更要主持公道了呀。"黄天玄理直气壮地对陈梆子说道。

"黄督巡,我倒要问问你,这官面是保护老百姓呀,还是保护奸商?"陈梆子满不含糊地向黄天玄问道。

"你怎么就说人家仁记棉布庄是奸商呢?"黄天玄也是理直气壮地向陈梆子反问。

"你们大家可是都听见了呀,如今官家和商号串通一气了,莫怪老百姓总是吃亏上当呢。黄督巡,商号一个月给你多少好处?"

陈梆子这一问,把黄天玄问火了。他迈开大步就往前蹿,老掌柜在后边一把没拉住,黄天玄就冲到陈梆子面前来了。

"你打人!"黄天玄离陈梆子还有一步远,陈梆子咕咚一声,就自己倒在地上了,随着他就大喊大叫地闹了起来。"黄督巡打人啦,打死我啦。"

"大家都看清楚了,我什么时候打你了?"黄天玄忍着满腔的怒火,向躺在地上的陈梆子问道。

"你没打我,我身上哪儿来的伤?"说着,陈梆子撩起衣服,果然身上有好几处青肿的伤痕。

"你诬赖。"黄天玄向陈梆子喊道。

如今,陈梆子既然躺下了,他就不会轻易地自己起来。老掌柜知道事情不好,立即就走过来对躺在地上的陈梆子说:"陈爷,有什么事情你尽管对我说,没有不好了断的事。"

老掌柜正想了事,没想到黄天玄倒吃不下这口气了,他一步走了过来,冲着陈梆子就骂了一句:"无赖!"

"怎么,你打了我,还骂我无赖,今天我不活了。"说着,陈梆子一骨碌从地上爬起来,跑到门口就往大树上吊麻绳,吊麻绳干吗? 他要上吊。

这一下,满街的行人都围过来了,天津人爱看热闹嘛,好不容易遇上个人要上吊,谁能不过来看看呀? 呼啦啦,一刹那,人群就把仁记棉布庄围了个水泄不通。

这一下,老掌柜吓坏了,这么多人围在布店门前,万一出点儿什么事怎么办? 倘若有人往你店里扔个烟头,说不定就会引起一场大火,天津卫做什么缺德事的人没有?

"各位散开,各位散开吧,没什么好看的热闹,谢谢各位了,谢谢各位了。"老掌柜和店里的伙计一起出来向看热闹的人们说情,只是人们就是不肯散开,活活急得老掌柜出了一身大汗。

黄天玄看着老掌柜着急的样子实在可怜,他心想,这件事不快了断,就对不起人家老掌柜了,一时束手无策,他就对陈梆子说道:"走,你跟我到所里去。"

"怎么着,归官面?走,谁含糊你,谁是孙子。"说着,陈梆子就往人圈外面走。

事到如今,黄天玄不把陈梆子带到所里去,也没有别的办法了,这时老掌柜凑近到黄天玄的耳边,小声地对他说:"走到没人的地方,给他一元钱罢了,回来我给您老补上。别惹他,您老有公差,他是一个无赖,光脚不怕穿鞋的,咱和他没工夫纠缠。"

老掌柜虽然这样说着,可黄天玄想,一定要给陈梆子一点儿颜色看看,大步流星地没多少路程,黄天玄就把陈梆子带到所里来了。进到区公所,黄天玄把陈梆子交给赵司政,还向赵司政述说了陈梆子在布店捣乱的情形,这时赵司政就向黄天玄问道:"证人呢?"

黄天玄一想,陈梆子捣乱,还要什么证人?不假思索,黄天玄就回答赵司政说:"没有人家老掌柜的事,我干吗把人家也一起带来？"

"光往所里带人犯,不往所里带证人,黄督巡,迟早这区公所要被你督巡'黄'了。"说着,赵司政就把陈梆子带走了。

黄天玄从赵司政房里走出来,心里还寻思赵司政刚才说的话,不觉间他就又从区公所走出来了,走到大街上抬头一看,就只见一个人正嬉皮笑脸地冲着他笑呢。黄天玄一时没有看清,他没有想到这个冲着他笑的人会是陈梆子,倒是陈梆子先向黄天玄说起了话来。

"黄督巡,没想到吧,我比你出来得还快呢。"

黄天玄抬头一看,果然是陈梆子,倒退一步,他吸了一口凉气儿。

"你出来了？"黄天玄向陈梆子问道。

"不出来怎么办,区公所还管饭呀？"陈梆子冲着黄天玄做鬼脸儿回答。

"赵司政是怎么处置你的？"

"赵司政唾了我一口唾沫。"陈梆子十分得意地说道。

"只唾一口唾沫就完了？"黄天玄眨着眼睛又问。

"唉,黄督巡,你连应该往区公所带什么人都不知道,你还当什么督巡？你把我带到区公所来,赵司政能从我身上榨出什么油水来？你要连老掌柜一起带来呀,无论什么事情,到了区公所都要先挂三天,我呢,在里面关三天不要紧,人家老掌柜有生意要做，虽然区公所不会关证人，可是一天到晚地到你店里去拿证据，也扰得你做不成生意了呀。再说又要陪吃、又要陪喝，来一次人，还要孝敬一次好处，你说说，老掌柜受得了这份折腾吗？刚才，我躺在地上耍赖，那是给咱两个人找饭辙呢，老掌柜一看事情要闹大了，你要把我带到所里来，老掌柜又怕做这个证人，十元钱了事，你五元，我五元，咱两个再一人孝敬赵司政两元，赵司政一个人独得四元，咱两个人一人三元，这生意不错了吧？偏偏你是个死木头疙瘩，只把我一个人带到所里来了，你这不是故意和赵司政过不去吗？得，我中午饭还没地方吃去呢，解铃还得系铃人，黄督巡，今天算你倒霉，给我两角钱，我喝碗馄饨去吧。"

就这样，黄天玄往所里带了一个人，自己反倒赔了两角钱。

赔了两角钱事小，对不起赵司政事大，回到区公所，找到赵司政，黄天玄先做了自我批评，实在是自己太迂腐，只想着镇服恶人，没想到区公所处置事情一定要有凭有据，如此真是给赵司政找麻烦了。赵司政倒也没和黄天玄太计较，就是对黄天玄说，市面上乱得很，无论遇到什么事情，都要把前因后果想完全，切切不可顾此失彼，而且宁肯不顾此，也不能失彼也！

明白了，黄天玄有了长进，世道沦落到这般地步，自己一个人洁身自好,又能有什么用处呢?保住自己的饭碗最为重要。

就这样,黄天玄瞪圆了一双眼睛,每天在街上督巡,他发下誓言,不过半个月,一定要给区公所挂到一只肥鸭子。

果然,好事就又被黄天玄遇到了。

这一天中午,黄天玄照例在大街上督巡,才走到五和洋货店门口,就听见店门里一声巨响,随之咕咚一声,活赛是从店门里发出来一颗炮弹,骨碌碌,就滚出来一个大活人。幸亏黄天玄躲得快,躲慢一步,非得把黄天玄撞倒了不可。

怎么回事?黄天玄回头一看,从五和洋货店里骨碌出来的这个人,又是陈梆子。

"你踢人!"陈梆子没有看见黄天玄,躺在地上,捂着屁股,向着五和洋货店就喊叫。

"我踢你了,你又怎么样?"腾地一下,从店里出来一个人,这个人三十来岁,洋派打扮,西服革履,年少气盛,带着天不怕地不怕的样子,冲着陈梆子,他恶凶凶地骂了起来。

"你又跑到这儿闹事来啦?"黄天玄恨死了陈梆子,就冲着陈梆子问道。

陈梆子一看黄天玄过来了,立马,他就揪住了黄天玄的裤角儿,躺在地上大喊大叫:"他踢死我了,我起不来了。黄督巡,你可要给我做主呀。"喊着叫着,陈梆子就在地上打起了滚儿来。

"哟,黄督巡。"五和洋货店的少掌柜看见黄天玄走了过来,也立马冲着黄天玄说起了话来。"您看清了,是他自己从店里跌出来的,他躺在地上不起来,还赖我踢了他。"少掌柜在黄天玄面前再不说是自己把陈梆子从店里踢出来的了,他说是陈梆子自己从店里跌出来的。说着,少掌柜还回手向店里的人招呼:"买东西的人都出来,你们先说说他是怎么从我店里跌出来的?做完了证,我五和洋货店今天大减价,一位主顾白送一双鞋。"

这一下,呼啦啦,从店里拥出来好几十人,众人一起指着陈梆子说,是他自己从店里跌出来的,人家少掌柜在店里还告诉他说,脚底下有门槛,他没听见,自己就跌出来了。

众多的证人面前,陈梆子没有话说了,他扑打扑打屁股爬了起来,一面拍着身上的土,一面就想自己走开。

黄天玄一看,这正是个机会,陈梆子在五和洋货店门外跌倒了,他自己说是少掌柜把他从店里踢了出来,少掌柜说是他自己跌倒的,一起带到所里去,赵司政自然会了断的。

陈梆子想走开,黄天玄想带人,正在他两个还没走开的时候,倒是五和洋货店的少掌柜一把又把陈梆子拉住了:"你先别走,当着督巡的面,你说说刚才你是怎样在我店里捣乱的?"

"我怎么捣乱了,我怎么捣乱了?"冲着少掌柜,陈梆子耍赖,死不承认刚才的事。这时,又是少掌柜向黄天玄说了起来。

"黄督巡,您老一定认识这个陈梆子,他是有名的无赖,昨天他从我店里买走一双洋线袜子,今天他找回到店里来,说这双洋线袜子两只不是一个颜色,我说我们给你换,你猜他说什么?"

"他让你包赔他的损失。"黄天玄接着少掌柜的话说。

"对,他就是这样说的。我说,行,你有什么损失就说吧,你猜他说什么来着?他说他误了一天的工,还有来回的车钱,他为了这双洋线袜子和他女人吵了架,一生气,他放火把他家的房子烧了……"

听少掌柜这么一说,黄天玄打消了往区公所带人的想法了,明明是讹诈,带到所里,也没有五和洋货店的事,只关陈梆子一个人,还是没有油水,拉倒了。黄天玄看陈梆子早趁着乱乎劲儿跑远了,好歹和少掌柜说了几句话,黄天玄也走开了。

…………

才走出一条大街,刚在马路东头拐了一个弯儿,黄天玄就听见从背后传来了一阵急促的脚步声。"黄督巡,黄督巡。"随之,黄天玄又听见那个从背后追上来的人,在后面招呼他。

黄天玄停住脚步,回过头去一看,从他背后,陈梆子一路小跑地追了上来。

黄天玄看着跑过来的陈梆子,迎头就是一句臭骂:"滚开,你总缠着我做什么?"

"黄督巡。"跑到黄天玄的对面,陈梆子站稳了脚跟,做出一副怪亲近的样子,对黄天玄说,"有件要紧的事,要告诉黄督巡。"

"你有什么要紧的事?少跟我啰嗦。"说着,黄天玄就要走开。

"黄督巡,没有要紧的事,我可是不敢挡您的驾。"陈梆子走上来一步,迎面拦住了黄天玄,极是严肃地对黄天玄说道。

"你又没饭辙了?"黄天玄向陈梆子反问道。

"我一个人的事小,关乎政府的大事,我不敢不禀报。"陈梆子看看周围没有人影,便更是神秘地对黄天玄说道。

"好,我倒要听听你有什么正经事。"黄天玄索性站住,一定要听陈梆子说他的关乎国家政府的大事。

"您老刚才去过的那家五和洋货店,他使用假印花票。"陈梆子一字一字地向黄天玄说道,眼睛里还闪动着诡诈的神色。

"你说什么?"黄天玄打了一个冷战,向陈梆子靠近了一步,他紧张地问道。印花票,也就是那时候的营业税,那时候商号卖货,不直接对政府上税,他们要按时到区公所去买印花票。这样,在做生意的时候,应该上多少营业税,就贴多少印花票。使用假印花票,就是偷税漏税,明明是从区公所的老虎嘴巴里抢肉吃,于所长对于使用假印花票的商号最不客气,一罚就能把他罚个倾家荡产。

陈梆子见黄天玄明白使用假印花票是怎么一回事了,就压低了声音继续往下说:"若不,他为什么就把我踢出来了呢?"

"你知道使用假印花票要怎么处置吗?"黄天玄向陈梆子问道。

"坐牢。"陈梆子回答。

"你知道诬赖好人,又是怎么处置吗?"

"也坐牢。"

"无凭无据,你说五和洋货店使用假印花票,就算是你讹诈,你也该想个别的词呀。"黄天玄不想把事情闹大,就劝告陈梆子。

"黄督巡,我若是诬赖好人,我不是人生的。"陈梆子指天发誓,看来这件事非同小可了。

"好了,你就把五和洋货店使用假印花票的事对我说说吧。"黄天玄也严肃起来,向陈梆子问道。

"我看见有人从五和洋货店里买出来好多东西,也许这是人家自家用的,一出门,人家信手就把货票扔了。"

"把货票扔了,又怎么样呢?"黄天玄又问着。

"我这人不是心细嘛,凡是我看见有人扔东西,就一定要把它拾起来。可是这次我拾起来一看,好家伙,吓得我出了一身冷汗。"陈梆子故弄玄虚地向黄天玄眨了一下眼睛,表示他有重大发现。

"你看见什么了?"

"假印花票。"陈梆子斩钉截铁地回答。

"你怎么就断定那是假印花票呢?"黄天玄更进一步地追问。

"怎么我连真印花票、假印花票都分不出来?真印花票上面有区公所的钢印,他五和洋货店的假印花票虽然也有钢印,可是那钢印模模糊糊,明明是自己用什么硬东西扣上去的。"

"哦。"黄天玄点了点头。

停了一会儿,黄天玄向陈梆子问道:"你有证据吗?"

"当然有啦,没有证据我干吗去找他?"陈梆子挺着胸脯对黄天玄说。不等黄天玄再往下问,陈梆子又自己说了下去:"这样,今天我就找他退洋线袜子来了,可是我才将他的假印花票往外一露,那少掌柜一伸手,就把假印花票抢了过去,还没容我说话,他就把我踢出来了。"

"那就完了。"黄天玄听陈梆子说证据被人家抢回去了,就知道这件事就算是拉倒了,迈出一步,黄天玄也就再不想和陈梆子纠缠了。

"黄督巡,你先别走呀,我这里还有一张呢。"说着,陈梆子就真的又拿出一张五和洋货店开的货票来。随之,陈梆子把这张货票放到黄天玄的眼皮子下边,又向他说道:"您老看仔细,是不是五和洋货店的货票?"

黄天玄凑过来一看,果然是五和洋货店开的货票,而且那上面的印花票也确实是假印花票。"哦。"黄天玄又哦了一声,这次他感到事情严重了。

"我没说谎话吧,凭着这张假印花票,黄督巡就给区公所立下大功了,于所长一高兴,提升,黄督巡就做上督巡处长了。"陈梆子拿着假印花票在黄天玄的眼前晃动,故意勾引黄天玄动心,黄天玄揉揉眼睛,看清这确实是一张假印花票,随之,他就向陈梆子伸出了手来。

"给我。"

"我就这么件值钱的东西,怎么会轻易放手呢?"陈梆子把假印花票紧紧地攥在手里,随之还向后退了一步。

"我给你一元钱。"黄天玄向前追了一步说。

"哎哟,黄督巡,你当我缺这一元钱呀?督巡看我每天在街上找饭辙,便以为我是一个穷光蛋,也许我比督巡还有钱呢!人不可貌相,乞丐里还有人腰缠万贯呢,我整年整月地在街面上转,怎么会没钱花呢?"陈梆子满脸的奸相,酸酸地向黄天玄说道。

"你想用它换什么?"黄天玄开门见山地问陈梆子。

"咱们公平交易,我把这张假印花票白送给黄督巡……"

"今后,你无论在街面上捣什么乱,我一概不管。"

"好,到底黄督巡是个读书人,这世上的事一看就全明白了。"陈梆子是个痛快人,说着就伸过来一只手指。

黄天玄没见过这种场面,就向陈梆子问道:"你做什么?"

"拉勾呀。"陈梆子说,"这就叫指天盟誓,我们下九流没有那种点香磕头的排场,一拉勾,就算是立下死据了,以后谁反悔,那就白刀子进去,红刀子出来。"

"我的天!"黄天玄全身哆嗦了一下,他把一根手指才伸了过去,立时就又缩了回来。"还有没有别的办法?"黄天玄向陈梆子问道。

"罢了,黄督巡是上等人,君子一言,驷马难追,我就信黄督巡一句话了。"

"好,我也对你起誓,从今之后,我若是再找你麻烦,让我……"

"得,得,你就别往下说了,咱们从今之后就是朋友了,别以为和我做朋友丢份儿,越是了不得的人物,越和我们这种人做朋友,还是好朋友呢。没有街面上的好汉支撑,谁也坐不稳天下,以后黄督巡有什么用得着我陈梆子的地方,给个话儿,别的本事没有,往饭店的饭菜里放只苍蝇呀什么的,我还是一把好手。"

"做那种缺德事干什么?"黄天玄不屑地问道。

"哟,连这都不懂?我一往饭店的饭菜里放苍蝇,督巡不是就可以查卫生了吗?唉呀呀,黄督巡,你还得好好开开窍呀。"

说着,果然陈梆子做事痛快,一伸手,他就把那张假印花票交到黄天玄手里了。

捏着五和洋货店的假印花票往回走,黄天玄心花怒放,这回不光是给赵司政挂回来一只肥鸭子,也给于所长挂回来一只肥鸭子,人呀,不知道哪天吉星高照,好运气就来到了。少掌柜,这次你可是要吃不了兜着走了。

兴冲冲地往回走着,才走过十字路口,远远地,黄天玄就看见五和洋货店的少掌柜正站在道边儿上,向着自己刚才走过去的方向张望呢。

"黄督巡。"没等黄天玄走过去,少掌柜一路小跑,就迎了过来,满面春风,向黄天玄说道:"刚才陈梆子到店里捣乱,多亏黄督巡主持公道,这才把事情压了下去,没有别的事,黄督巡若是赏脸,我请黄督巡到登瀛楼饭庄小酌。"

哟,请吃饭了,黄天玄心里一动,头一次有人请自己吃饭,而且还是登瀛楼饭庄,真也是此一时彼一时了,怎么自己也就混到这等份儿上了呢?这不是祖上留下的荫德吗?祖上不做下点儿德行事,儿孙辈儿上能有人请他吃饭吗?

只是,一摇头,黄天玄谢绝了少掌柜的邀请。不是他清廉,是他知道这种事非同小可,光自己一个人吃一顿饭,就把事情了断了,没有那么容易。再说,万一事情败露出去,于所长知道自己把一只大肥鸭子放跑了,那岂不是就要把自己的饭碗儿丢了吗?

"吃饭嘛,改日再说吧。"黄天玄一挥手,就接着往前走。这时,少掌柜一步走上来,把黄天玄拦了下来。

"没时间吃饭,那就屋里坐嘛。"少掌柜伸出胳膊一横,就把黄天玄让到店里来了。

先敬烟,再上茶,少掌柜把黄天玄让到大客厅里,请他在沙发上落座之后,立马,一个大红包呈了上来。

"黄督巡上任以来,对敝店百般关照,晚生真是感铭不尽了。"以晚辈自居,少掌柜高高地捧着黄天玄。

黄天玄呷了一口茶,又向少掌柜送上来的大红包瞟了一眼,极厚,够分量,少说也有二十元钱,明摆着他知道自己犯了事,先用重金收买自己。眼睛看着大红包,黄天玄又故作清高地对少掌柜说道:"说到关照嘛,大家心照不宣也就是了。不过,总也不能做太出格的事。"

"哎呀,有黄督巡这样的好人,就是小小地出点儿格,也不会招惹来太大的麻烦。"少掌柜故意把脸转过去,想给黄天玄留点儿时间,让他好把那个大红包收起来。但黄天玄不买账,他动也不动,只是慢慢地吸着香烟,还装作漫不经心地对少掌柜说道:"至于说到麻烦嘛,那就要各家商号好自为之了,有些事情我睁一只眼闭一只眼也就过去了,可是有的事情……"

"无论什么事情,只要黄督巡高抬贵手,上边的事就好办。"少掌柜直截了当地对黄天玄说道。

"就算是督巡们肯高抬贵手吧,可是商号也不能太放肆了呀?"黄天玄暗示少掌柜,今天的事他是不想高抬贵手了。

"唉,商号能有什么太放肆的事呀,总不至于杀人放火吧?大不了使用一次假印花票,也没什么值得大惊小怪的,营业税太高,不是都想少赔几个钱吗?"少掌柜开门见山、单刀直入,一句话就说到了要命的地方。

"想来少掌柜一定知道,这使用假印花票一旦被区公所发现……"黄天玄兜着圈子对少掌柜说。

"没什么大不了的,咱们私下里了断呢,我没亏待黄督巡,那里面是二十元钱。黄督巡若是不给面子,到了所里,也就是多破费几个罢了,没有杀头的罪。"少掌柜也够痛快,斩钉截铁,就向黄天玄摊开了牌。

"少掌柜把事情看得太容易了吧?"黄天玄细声慢调地对少掌柜说。

"那,黄督巡说这件事该如何了断呢?"少掌柜满不含糊地问道。

"我看,还是由于所长处置吧。"黄天玄把那个大包一推,他想吓唬一下少掌柜。

"哟,一定要麻烦于所长?"少掌柜似是也有些胆怯了。

"我只是怕日后对于所长不好交代。"黄天玄还是不肯退让地说道。

"好,既然如此,无论怎样破费,我也就认了。"说罢,少掌柜率先就走出了客厅。路过店铺时,少掌柜还对伙计们说了一句:"你们先照看着生意,我到所里去一趟,一会儿就回来。"

说得好不轻松,区公所,那是你想回来就能回来的地方吗?

黄天玄挂着一只肥鸭子在前面走,少掌柜不甘示弱地跟在后面,没多少时间,他们两个就走到了区公所,幸亏于所长今天一没有出去打牌,二没有去吃馆子,三没有去拜见他的上司,正好他在办公室里打电话。

黄天玄带着少掌柜走进于所长办公室的时候,黄天玄正听见于所长似是向着什么人在发怒,黄天玄听见于所长拿着电话喊道:"以后无论哪家舞厅敢再让她唱歌,我就封了他的门。"

黄天玄知道,一定是哪个舞女做下了有伤风化的坏事,所以才惹得于所长发了火。黄天玄不敢打扰,等于所长把电话放下,这才走过去把少掌柜交给了于所长。黄天玄没注意于所长见到少掌柜时是什么表情,他只是向于所长报告了五和洋货店使用假印花票的事,他的话还没有说完,于所长一挥手,就让黄天玄出去了。

前面,笔者向诸位先生交代过,这区公所于所长的办公室极大,黄天玄走了好几十步,也才走到了门口,可是就在黄天玄前脚才迈出办公室门槛的时候,他就听见从后面传来了哈哈的笑声,不是一个人在笑,是两个人一起笑,黄天玄感到事情有点儿蹊跷,当着人犯的面,于所长怎么会发笑呢?

停住脚步,黄天玄回过头来一看,老天爷,他吓呆了,就在他的身后,就在于所长宽敞的大办公室里,就在少掌柜作为使用假印花票的人犯被带到区公所来的时候,于所长和少掌柜两个人正面对面地哈哈大笑呢。

黄天玄身子一晃,几乎跌倒在于所长的办公室里,稳住心神细听,黄天玄正听见于所长对少掌柜说道:"你呀,你呀,一个桂桂子,你可是把我坑苦了,什么东京歌女,冒牌货,她一句日本话也不会说。"

"管她是不是地道日本货呢,好玩不就是了吗?"少掌柜也是哈哈笑着对于所长说。

"好玩什么呀!她跟我开高价,当着我的面和渤海大楼的少东家起腻,行,咱走着瞧,我已经给下边下命令了,今后河东一带的舞厅,谁若是再让她唱歌,我就封了他的门。"

"哎呀,于所长,你一个大所长和她生的什么气呀,玩腻了,好说,三天之内,我再孝敬所长一个更水灵的。"

"一言为定。"

"我若是不给于所长找一个更水灵的来,于所长就封我的门。"

"好,拉勾!"说着,于所长就把一根手指向着少掌柜伸了过来。

咕咚一声,黄天玄跌倒在于所长办公室的门外边了,于所长听见有响声,抬头一看,办公室门外躺着黄天玄,立时,于所长就喊了起来:"什么人?"

黄天玄没敢吱声,一个人爬起来蔫蔫地溜走了。

尾声

第二天早晨,黄天玄到区公所来点卯,正赶上督巡们换制服、换臂章。督巡处处长说,原来督巡们的标志是胳膊上带着黄布箍,上面印着"督巡"两个黑字;现在市政厅说黄布黑字和如今欣欣向荣的市面不谐调,一律换成红布白字的督巡臂章,领到新臂章的人,再到下面行政处去领新制服,大家说旧制服只有四个衣袋,督巡们感到不方便,新制服改成了六个衣袋,除了两个小衣袋、两个大衣袋之外,一边还加了一个插口袋,这样督巡起来自然就方便多了。

张督巡、李督巡、谢督巡,处长一个人名一个人名地叫着,不多会儿工夫,督巡们就全领到了新臂章,又一个一个地到楼下领新制服去了。黄天玄立在人圈最后边,他知道自己是新上任的督巡,名字一定排在最后,可是直到处长把名单念完,再把名单折好收了起来,黄天玄也没听见处长叫自己的名字。

立在墙角里,黄天玄没有出声,他看着处长从从容容地走出办公室,也没敢上前把处长拦下,问他为什么没有叫自己的名字。黄天玄到底是读书人,他知道这是处长给自己留面子,暗示自己已经不再是督巡了。没有这份造化,咱也就别求这个高位了,还是回录事室,抄那些公文去吧。

一句话没说,黄天玄从督巡处出来,转身就往楼上走,才登上一级楼梯,迎面正好和常老头打了一个照面。黄天玄被上司免了职,不想和常老头打招呼,就低着头想从常老头身边溜过去,没想到,倒是常老头先向黄天玄说起了话。

噔噔噔,几个快步,常老头走到了黄天玄的对面,常老头先是向黄天玄施了一个礼,然后才客客气气地对黄天玄说道:"黄先生,大家都是多年的老朋友了,您老就别给我找麻烦了。"

黄天玄一听这话不对,我到所里来,怎么是给你找麻烦呢?向着常老头,黄天玄就板起面孔说起了话来:"常老头,大家本来都是人下人,你怎么也学着他们那样,墙倒众人推?"

"黄先生,你不要误会,不是我常老头分不出好坏人,您老也要替我想想,在区公所混个看大门的差事也不容易。一个没看住,您老就混了进来,上司若是发落下来,岂不是就要砸了我的饭碗吗?"常老头说得十分可怜,明明是央求黄天玄别太和他过不去了。

"常老头,你这话就听得我不明白了,我是区公所的人,我到区公所来上班,你怎么就说我是混进来的呢?"黄天玄毫不客气地向常老头质问。

"哟,黄先生,合算您老自己还不知道呢?从昨天下午,上边就发下话来了,说您老已经被区公所除名了,以后再看见您老到区公所来,就绝对不许进门。"

"啊!"黄天玄大喊了一声,就跌倒在区公所大院里了。

…………

多少年之后,有人在老地道邮局门外看见过黄天玄,已经看不出他是多大的年纪了,人们只见他穿着一件破布长衫,坐在一张小桌后边,小桌上铺着一块布,前脸儿上写着四个大字:"代写书信。"

老地道邮局门外,常常有许多老头们晒太阳,没有人找黄天玄来写信的时候,黄天玄就和那些老头们聊天。黄天玄常说,这"天地玄黄"四个字就是天定的道理,无论是什么人也改变不了。其实黄天玄还是没有把道理闹明白,天地玄黄不仅是一种道理,它更是一种存在,天为玄、地为黄,天玄地黄,那是一种不可改变的存在,你只能生存在这种存在之中,你不能离开这种存在而生存。

拉倒吧,林爷,你瞎白话个嘛呀!

孽障

1

"孽"字,原同"庶",庶子,即指非嫡妻所生的儿子,古书《春秋公羊传解诂》:"庶孽,众贱子,犹树之有孽生。"其中并没有贬义。嫡出也罢,庶出也罢,反正是出来了,爱怎么办,你就看着办吧,只要不掐死,我就得活,就得吃饭,就得穿衣,就似当年赵丹先生的那句名言一样:"没有钱也要吃碗饭,也要住间房,哪怕老板娘,做那怪模样。"别人如何对待你无所谓,你只管活着就是;嫡出、庶出又不能由自己选择,看表现嘛,活出个人样儿来,就是能耐。

但是,"孽"字后边若是再加上一个"障"字,那就发生质变了,责任也就不在爹老子娘老子,而在自己了。生而为孽,那是老爹老娘的错;孽而为障,那就是自己的不是了,谁让你不往人上长的呢？同是吃的五谷杂粮,同是穿的粗布衣裤,同是读的一本书,老师讲的全是仁义道德,为什么人家就出息成了人物,偏偏你不成器,最后成了一个狗食(天津方言,指不成器之人),人人都骂你是个孽障,你还说是别人把你带坏了。呸！真不知道羞耻是什么滋味。

不过呢，别的地方是什么样子，我不知道，反正在天津卫，孽障大多出在有钱人的家里。我小时候就常听老人们说，谁家谁家的孩子不上进，狗食了，骂起来便是这两个字："孽障！"

为什么富家子弟出孽障？很简单的道理，老子有钱呀！穷人家的孩子早当家。李玉和的语录嘛，那是绝对没有错的。富人家的孩子不当家，莫说是当家，连当家是怎么一回事都不知道。天津有句老话："糖打哪儿甜？盐打哪儿咸？醋打哪儿酸？"他一概不知道。他就知道他老子有钱，有好多好多的钱，花不完的钱，没有数的钱，也不知道从哪儿来的这么多钱，反正就是有钱。

老头子有了钱给谁花？当然给儿子花。不给儿子花，给谁花？所以只要你老子有钱，你就只管花，你越能花，他越高兴，你越花得多，他就越爱你。为什么？因为他这辈子吃的苦太多了，他就想让儿子替他捞回来，如今他有了钱，你不会花，他看着有气；你把他的钱花光了，他再去捞，捞到手之后，还是给你花。表面上看是你花钱，本质上是他解气，他这辈子活得太冤了，自己再花，有那份心，没那份力了，你就替他造吧，替他把失去的一切找回来，要的是个平衡。

如今就说到我们侯姓人家一个会花钱的孽障了，这位爷是我的叔辈,名字叫侯子宣,是我们三爷爷房里的一个独根苗。这位侯子宣在成为孽障之前,是一个才貌出众、品学兼优的有为青年,不怕给名牌学校脸上抹黑,这位侯公子还是天津一所最有名的中学的第十五期学生。这所中学是法国教堂办的学校,学校多设了一门法文课,所以学生们毕业之后,都能说得一口好法语,而其中的侯子宣就更是一名尖子学生了。侯子宣高中毕业时,在全班名列第一,全体毕业生照相合影之后,校长单独和他一个人还照了一张。那时,这位校长对全体毕业学生说:"我今天和侯学子照一张合影,为的是来日待他成为国家栋梁之时,我好带上这张合影到中央政府去找他,至少他能当个驻法国的公使大臣。不是我对侯学子有所偏爱,我断言:倘从政,侯学子至少要做国务大臣;倘学工,侯学子必是一位举世闻名的大工程师;倘为文,这位侯学子一定能成为一位全球著名作家。当然,如果他不学好,我也断定,他一定不可救药。"果然,这位大教育家说对了,侯公子离校不到五年,就成了天津卫第一不可救药人士。

不过呢,正如我们三爷爷所说的那样,我们侯姓人家如何会出孽障呢?不可能!头一宗,我们侯姓人家祖辈上没做下对不起家乡父老的事,而且,积善人家,常有余庆,我们老侯家做了这么多积德行善的事,按道理说,应该子孙满堂,辈辈将相不绝,其中还必有出人头地者。不说别的,就说积善人家最爱做的一件事吧,筑桥修路,天津卫九条大河上,至少我们侯姓人家在八条大河上筑了济世桥,天津卫的三老四少,每天谁不得从我们侯姓人家筑的桥上走两个来回?至于修路,那就更不必说了,当年八国联军进天津,都统衙门下令拆四面城墙,城墙拆了之后,老城根上一片残垣断壁,一直没有人管。是谁出钱在天津四面城的老地基上修出了四条大马路的?翻翻天津志书就知道了,当初四面城马路刚修好时,天津各界社会贤达一致要把这四条大马路,命名为侯善人大街,是我们祖辈上的老爷子坚决不同意,才改称为什么东马路、西马路、南马路和北马路的。为什么不让叫侯善人大街?怕挨骂!一条大街,既有人上街卖菜,也就有人到街上去屙屎,天津人管屙屎叫拉屄屄,早晨天一亮,孩子对妈妈说:"娘,我上侯善人大街拉屄屄去了。"多难听!干脆,就按原来的东城、西城改名叫东马路、西马路吧。

做了这么多的善事,为什么后辈出了个孽障?不知道。从逻辑上讲不通,不属于客观规律,是一个偶然现象。只是偶然也罢,必然也罢,反正孽障已经出了,出了又怎么办呢?这就看出家风来了。家风不正,爹老子和孽障儿子一起荒唐;家风正,老爹就看着儿子荒唐生气,气极了,就气死了,我们侯子宣就把他的老爹气死了。气死老爹之后,我们侯公子乘胜追击,一鼓作气,又把他的老岳父给气死了,到这时,我们侯公子才觉得这事有点儿不对劲,从此形势出现转机,这样就有了这一篇故事。

其实哩,侯子宣在变坏之前,绝对是一个好孩子,好好地在家里读书,好好地在家里吃肉,好好地在家里犯懒。只是后来天津卫也和全中国一样,旧学衰微,新学兴起,于是侯姓人家追赶潮流,就把孩子送到新式学堂读书去了。新式学堂果然出息人才,小学毕业就是秀才,中学毕业就是进士,上了大学,出来就是状元郎了。我们侯三爷爷一想到自己家里要出状元郎,立时就乐得往外掏黄金。"儿呀,好好念书,咱们家什么都有了,就是少个状元,多少年我就是这件事不称心,凭咱们侯姓人家,不是早就应该出这么三个五个状元了吗?不出个状元,人家总说咱们是暴发户,不出个状元,咱就改不了门风,那些宿儒名士面前,咱就永远是一个粗人。有钱有什么用?钱就是在你穷的时候有用,等你一有了钱,钱就最他奶奶的没有用了。就说现如今吧,咱们家一切能用钱买来的东西全都有了,可是用钱买不到手的东西呢?咱还是一样也没有。你说这钱有什么用?什么叫钱?钱就是王八蛋,花完了再赚,可是学问不是王八蛋,没有学问,你就没有办法去赚。儿呀,爹给你钱,你只管好生地去给爹念书,只要是念书,你要多少钱,爹就给你多少钱。爹就是看儿子念书花钱不心疼,爹不贪图你来日发财,咱家已经发了财了,再发,还能发到哪儿去？爹只盼你念出书来,从你这辈往后,咱也要做书香门第,别总让他们那些穷酸们说什么"衣冠不改旧家风",无论你穿的多阔,他都说你是穷底儿,他都那份德性了,还说自己是圣人府第呢！我就是不服,我就是又要有钱,又要有势,还要有门第,这就叫'全活',明白吗？儿呀！"经老爹这么一说,侯公子心里是完全明白了,原来他老爹为了让他读书,那是无论花多少钱都不心疼的,正中下怀,那实在是太好了,老爹有钱你就只管花吧,儿子上学,花钱的地方可多了。

上学为什么还要花钱呢？这对于中国人来说实在是太不可思议了。中国人祖祖辈辈历来孩子念书是不花钱的,有教无类嘛,有钱没钱都可以念书,而且念书的孩子越是没钱就越光荣。穷孩子念书成才的故事多了,什么借萤火虫的那点儿光亮念书呀,什么把邻家的墙壁凿个小洞,就着墙那边透过来的光念书呀,再有的那个用草棍在地上画画的王冕呀,此外什么头悬梁、锥刺股,吃苦念书的故事多着了。反正这样说吧,中国人不怕穷,就怕孩子不肯念书。只要孩子肯念书,这个家无论多穷也是有希望;孩子不好好念书,这个家无论多有钱,也悬。不保险,没有根基,赶上天旱地涝,你就没有收成,只有念书人不怕什么天旱地涝,旱涝都过一样的日子,那就是念书人。不是旱涝保收,是旱涝都不收。旱涝保收的铁杆庄稼,那是人家当兵的铁饭碗;念书人的旱涝都一样,是挨饿都一样,天旱挨饿,地涝也挨饿,但是也饿不死,也怪,也不知怎么就活过来了,活到现在也没断种,还有人在读书。所以就有人极自豪地说,只要天上还有家雀,地上还有蚂蚁,中国就一定还有人在读书。没错,就是这么一回事。

当然,侯子宣念书的那时候,天上的麻雀也多,地上的蚂蚁也多,只是在学校里念书的孩子不多。为什么没有多少人肯让孩子念书呢?反动宣传,读书无用。有人认为穷人家的孩子读书没有用,所以凡是觉着自家的孩子读书不会有大出息的,全早早地就让孩子做事去了,卖菜呀,卖鱼呀,学徒呀,学手艺呀,赶紧找饭辙,想正经主意,别误了孩子的前程。但是侯姓人家有见识,我们祖辈上是让孩子念书的。因为侯姓人家在天津也算得上是一个大户,财势自然是没的说了,就是儿孙辈没出息,没出来大学问家,正史野史当中,你就查不出几个姓侯的来。也不是孩子们不肯读书,也有头悬梁、锥刺股者,也有把四书五经背得滚瓜烂熟的,可就是念不出个名堂来,没有这个家运,命中注定,侯姓人家就是不入儒林。不过,这若是在后来呢,就也无所谓了,不入儒林更好,反正是只有分工不同,没有高低贵贱之分,而且高贵者最愚蠢,卑贱者最聪明,别看咱什么也不会,可是咱最聪明,怎么个聪明法?你琢磨去吧。而在那时就不一样,你家入不了儒林,你就永远低人一等,人家书香门第就不和你来往,就连给儿女做亲,你都高攀不上人家门第高的人家。就拿侯公子来说吧,论人品,论相貌,论家产,他可以满天津卫挑媳妇,想要什么样的,就娶什么样儿的,差一点儿成色绝对不要。可那时不行,咱侯姓人家不是暴发户吗?孙家怎么样?都穷到那个份儿上了,老爷子皮袍子都卖了,可人家的女儿就是不下嫁给你侯姓人家,为什么?很简单,人家孙家祖辈上出过翰林,正牌书香门第,连府上的老仆说话都是子曰诗云的,子曰:"人是铁饭是钢,一顿不吃饿得慌也。"从里到外就透着秀才气。

攀不上高门第怎么办呢?侯公子总要说亲呀,虽说他年龄还小,娶不娶是一回事,得先要有个着落。也门当户对吧,就这么着,就也找了一个暴发户姓陈,这家暴发户比侯家还暴,在租界地养了一片房产,家里有的是钱,老爷子吃早点有一个中国厨子和一名洋厨师侍候着,家里还有一位千金小姐,在教会学校念书,一身的洋毛病,不喝茶,喝咖啡,还喝牛奶,吃半生不熟的煎牛排,穿裙子,打脸儿(化妆),一口的外国话,若不怎么就说不上婆家呢?老根老底的,谁家敢要这样的小姐呀!没人要,人家还不稀罕,反正家境差了不成，就这么着，歪打正着，这就让侯家给相中了，所以，侯公子十八岁上，正在中学读书时，就说上了媳妇，在教会中学里，这位小姐据说还是校花。不过呢，在老门老户人家的眼里，他们管这种姑娘叫租界地的"扯丫头"，"扯"是天津方言，类似"疯"的意思，但不是真疯，真疯就没人要了，是装疯，人来疯，什么话都敢说，什么事都敢做，豁得出去，就是一个字——"扯"。

侯子宣中学毕业的时候，在全校学生当中名列第一，要不，大教育家，这所中学的校长也不会和侯公子照合影。中学毕业之后，侯三爷一定要给儿子成亲，但这时候侯公子正在心猿意马之时，他自然不会让一位娇妻把自己锁在老侯家的深宅大院里。拿着大学的录取通知书，侯公子就找到了老爹："爸，我还要上学。"

"怎么？你不是上完学了吗？"老爹一听儿子还要上学，当即就大吃一惊，他不知道中学之上还有大学，至于大学之上还有留洋，那他就更不知道了。

"学无止境嘛。"侯子宣借用了一句老祖宗的遗训，作为对父亲的回答。然后便又向爹老子讲了一番新学的种种学制情形。

"罢了，你也不必多说了，既然中学之上还有大学，咱就去上大学，那大学咱不去上，它又该留给谁上呢？给，这是一万元钱,先带上用,学费呀什么的,我再另给你。"说着侯三爷就给了儿子一万元钱,让儿子上大学去了。只是可笑,侯三爷并不知道,这上大学原来是并不需要钱的,它不像吃馆子,一等的馆子有一等的价钱;而上大学本来又不是一件容易的事,一百个人上小学,五十个人上中学,到了大学,最多也就还有那么五六个人。这五六个人,你请还请不来呢,谁还敢向他们要钱呀!一要钱,把人家孩子吓跑了,大学关门不要紧,中国的前程可是该向谁去要?

侯子宣拿了老爹的一万元钱,他就上大学去了,大学里面当然也有花钱的地方,可是那年头一万元也是一笔大钱了呀!上好的良田才多少钱一亩,这一万元钱真够侯公子花一阵子的了。

进了大学,学校里的气氛就轻松多了,头一桩,学生们都是成人了,一个个小伙子们的小胡子长出来了,肩膀宽了,嗓门粗了,脖子下边的喉骨突出来了。发生了这些变化之后又该如何?自然,人就胆子大了。胆子大了又怎么样?胆子大了就哪里都敢去了,你也就吓不住他了。什么吹吹打打的地方呀,什么门外停着汽车的地方呀,就是门口站大兵的地方,他都敢往里钻。看看还不行吗?不让看就走呀。只是看着看着侯子宣就看见西洋景了,也找到花钱的地方了,没出半年,侯子宣就把老爹给他的那一万元钱花光了。"爹,学费。"回到家来,侯公子又对老爹说,学校要收下半年的学费,不多,两万元。这还是因为侯子宣的功课好,功课不好的还要多收一笔辅导费,至少又是两万元。

只是,侯子宣拿了这许多钱,他都是到哪里花去呀?咳!天津卫花钱的地方还没有吗?何况又是在大学里,那时候能上到大学的,全都是出类拔萃的人物,有做学问出类拔萃的,也有胡作非为"出类拔萃"的,其中还不乏见过世面的人物,一带,就把侯子宣带到门里去了。

当时的天津只有三所大学:一所是南开大学,凡是南开大学出来的学生,后来都成了国家栋梁;另一所是北洋大学,也就是后来的天津大学,专门培养工科人才;还有一所就是侯公子上的这所大学,清一色的公子哥儿,全校在校生不到一千人,其中约有孽障五百人。反正这么说吧,全天津卫的有钱人家全把他们不成器的宝贝儿子送到这所大学里"读书"来了。当然,这所大学也为中华造就了一代一代的精英,但是,也确确实实为我中华造就出了不少的孽障,而在这一代孽障当中,侯公子侯子宣则是其中出其类者,拔其萃者也。

侯子宣凭什么在公子哥儿群中做了孽障班头?头一宗能耐,就是会花钱,能花钱。前面不是已经说了吗?他不到半年的工夫,就把他老爹给他的一万元钱花光了,可他是怎么花的呢？这其中就看出本事来了。

　　侯公子上的这所大学，还有一个绰号，叫花钱大学，而侯公子读的这个系，也有一个绰号，叫败家系，这一说，诸位看官就明白了，原来侯公子去的地方，就是花钱大学败家系，更何况侯公子生下来就是一个败家的料，这一进了大学，那才是鱼儿得了水呀，花儿得到了阳。本来应该是花儿得到了阳光，为了合辙押韵嘛，简化一下，就叫阳吧，好在大家心里全明白就是了。那么侯公子又是怎样就鱼儿得到了水的呢？很简单，他认识了几个朋友，也不能说是狐朋狗友，全都是同学、同窗，当然也全都是公子哥儿。自然，如果要把侯子宣在大学里认识的同学全写一写，那至少要写那么几百万字，如今只能写其中最重要的两个人物，也就是和侯子宣最要好的朋友，或者说是莫逆之交，铁哥们儿。

　　侯公子在学校里结交的第一位朋友叫杨一富，是我们天津有名的八大家的后辈，你就听听他小哥的这个名字，一富，就他一个人富，富家子里数第一，土财主。天津卫的土财主和山西的土财主不一样，山西的土财主越有钱越是视财如命，每天早晨照样背着个粪筐出去拾粪，一日三餐吃的和穷苦人没有两样，高粱饼子、老酸菜。而天津卫的财主却越是有钱就越是拿钱不当钱，一家人从老到小，全比着花钱。老的如何一个花钱的办法，你管不着，萝卜白菜，各有所爱；

而小的花钱呢,却大体上全从一条道上开始,那就是天津卫有名的一句土话:惹惹。

怎么一个惹惹法?大家往一起凑,凑到一起再一起作孽,反正爹老子有的是钱,足够小哥们儿糟践些日子的;而要花钱,还要有仙人引路,没有仙人引路你自己是找不着花钱的地方的。谁来给侯公子引路?于是这就又说到了侯子宣的第二位朋友——靳河童。光听这名字就听出点儿门道来了吧?河童,信基督教,没错,地地道道的基督徒,而且从他爹老子那辈就是基督徒。当然,宗教信仰自由,人家爱信基督,你管得着吗?但是靳家的信基督教和一般人的信教不一样,靳家的上一辈是曾经在中国的版图上,制造过几起流血事件的大军阀,后来放下屠刀,也就立地成佛了,只是靳老爷子解甲归田之后一看,当年在战场上无论是和他结伙的,还是与他对杀的,一股脑儿全都信了佛,人人每天都在家里烧香拜佛,家家全都立下了佛堂,在家里请高僧来讲经,一心要赎清今生罪恶。只是靳大将军一想,这些人原来相互之间打了好几年,如今一起来到佛的名下想成正果,万一仇人相见分外眼红又打起来怎么办呢?干脆,咱信洋教吧,据说上帝比如来佛还要宽厚,上帝拯救一切人的灵魂,上帝更宽恕一切人,趁着他们几个还没找对门庭,咱早早地找上帝来吧。就这样,另辟蹊径,靳家就信了基督,偏这时靳家老爷子恰在五十八岁这年,又讨了一位姨太太,而且立时就给他生下了他盼望已久,而又姗姗来迟的儿子,于是就起名叫河童,以表示对上帝的感激之情。所以,这位靳河童从一生下来就开始接受西方的宗教教育,长大之后,他就学会了花别人的钱不心疼,而且他不仅能花别人的钱,还能教会别人如何花钱,这样,到了他不花你的钱的时候,你也就学会自己花自己的钱了。

有了这二位仙人引路,侯子宣如虎添翼,他可就要大显身手了。早以先侯子宣总以为自己最能花钱,譬如吃早点吧,别人的煎饼果子是摊一个鸡蛋,而侯子宣吃煎饼果子则要摊两个鸡蛋,这样就很不得了了,真是花爹老子的钱不心疼。可是自从认识了这二位朋友,侯子宣才算见识到什么叫花钱。就拿吃饭说吧,早以先侯子宣吃鸡,光吃胸脯和大腿,其余的就一概扔掉了,可是你看见过人家杨公子和靳公子是怎样吃鸡的吗?饭桌上,一只肥鸡端上来,只伸过筷子去在鸡胸上扎个小眼儿,站起来回身就走,那只鸡就算是吃完了。为什么要扎个小眼儿?不扎个小眼儿,饭店掌柜又把这只鸡卖给别人了,扎过小眼儿,表示这只鸡爷动过筷子了,你就休想再上桌子了。你说说,能不佩服人家吗?

好了,有了目标,那就好好地向人家学习吧,一定要把花钱的本领学到手,不创造个新纪录,誓不罢休。于是,我们老侯家的这位侯公子,就开始向花钱高手们学习花钱了。而且,在天津卫,一个人能花钱,算不得是能花钱,花钱要大家一起花,如此才看出"道行"高低。某年某月某日,侯公子把同学一起请到天津卫最最有名的一家大饭店,二十桌酒席摆好。"各位同窗,今天承蒙各位光临,子宣万分高兴,一杯薄酒,敬请不弃,同窗手足,亲如弟兄。"于是鸡鸭鱼肉燕窝鱼翅一一摆好,几十个人就你说我笑地吃起来了。

当然,也有人不免要问,今天是什么日子,侯公子要大摆酒席宴请宾客?生日,今天是侯子宣的生日,当喜当贺!干杯,祝同窗鹏程万里,福禄双至。可是,也有多事的人不免要问:"我记得侯公子的生日是某月某日,今天还差着半个多月了呀!"这时,自然就有人一旁答话道:"老弟,你可是太守旧了,你说的某月某日,那是旧历,侯公子力主维新,能过旧历的生日吗?"问话的人一听,自然觉得有理,于是也就在新历的这一天,给侯公子贺寿了。

谁料未过半个月,杨公子又在另一家大饭店里摆下了二十桌酒席,把侯公子请来,而且请到上座,酒过三巡,侯公子向杨公子询问:"今天是为何?"杨公子大吃一惊地向侯子宣反问道:"怎么你连自己的生日都忘了呢?"侯子宣一听,当即就笑出了声:"差矣,差矣,我侯子宣的生日,早就在半个月之前过完了。"这时只见杨公子也是哈哈一笑地说道:

"侯公子,我等虽说是新派人物,可是祖上的老礼法,那是不能忘记的,你半个月前过的是新历生日,今天是你旧历的生日,大家自然要向你贺寿的。"

"领教,领教,若不是杨老哥指教,我真要混沌不开地过一辈子了,新式人物固然要按新历过生日,可是这民族传统,我们还是不能违背的呀!所以,这旧历的生日还是要过的,谢谢各位二次屈尊,今天的饭钱,我出了。"就这样,侯公子又把今天的酒席钱包了下来。

谁料,未过十天,靳公子又把侯公子拉到了另一家大饭店,又是十几桌酒席摆好,又把侯公子让到了上座,而且开门见山,举起杯来就向侯子宣贺祝生日快乐,侯公子一听又笑了。"荒唐,荒唐,我今年无论是农历生日,还是阳历生日,两次已是全都过过了,今天怎么又出了第三个生日?"

只是靳公子却极是坦然地回答说:"哎呀,侯公子也是贵人多忘事呀!你看看今天是什么日子?"说着,靳公子就把日历拿过来给侯子宣看,这一看,侯子宣心服口服了,今年是闰月年,而侯子宣的生日正赶在闰月里,所以一个月之前才过了一个本月的生日,一个月之后又要来过一次闰月的生日。哎呀呀,我的天,这一年,侯子宣就这么着一连过了三个生日,你说他的钱还能不好花吗?

2

侯子宣大学毕业，正当年少，二十五岁，该到他做一番事业的时候了。同学们当中，有人去了日本，有人去了欧美，救国救民，大家分头寻找真理去了。只是侯子宣和他的几个相好一商量，大家一致认为，咱们中国的真理本来就不少，老祖宗留下了这么多的子曰诗云，哪一句不是真理？光咱们的土真理还用不过来呢，去天南地北再寻什么洋真理？真把真理寻来了，保准能用得上吗？算了吧，人各有志，咱哥几个还是接着玩吧。

可是，人已经这么大了，你不能总是玩呀！好歹也要有个立身之地。就这么着，侯公子回家和老爹一商量，老爹就把他送到德士古洋行去了。谁料过了一个月，德士古洋行的中国掌柜亲自登门拜访侯三太爷来了，进得门来主客寒暄之后，言归正传，德士古洋行的中国掌柜就开门见山地对侯三太爷说："令郎自到德士古以来尽心尽责，实为德士古自创办以来所未见之人才，只是敝公司区区一小店乃尔，侯公子在此也太屈才;为爱护国家栋梁着想,我想还是让侯公子另谋高就吧。"就这么着,我们这位侯子宣被人家德士古洋行给原封地送回来了。

到底侯子宣在德士古惹下了什么祸?没有,什么祸也没惹,就是这位中国掌柜太守旧,少见多怪,人家侯子宣来到德士古的第一天,中午和同事们在一起说话,一个同事说对面一家公司屋顶上落着的一只鸽子是公的,侯子宣说是母的,两个人互不相让,最后自然就打起了赌来。侯公子说:"如果是公的,我输给你一万元钱。"只一句话,就听那位同事嗷的一声,当场就晕过去了。洋行的中国掌柜马上过来询问是怎么回事,侯子宣大惑不解地对掌柜说:"我不过就是说了一句那个那个罢了,怎么他就吓成了这个样儿?"中国掌柜一听,明白了,赶紧,你给我滚蛋吧,侯公子。

侯子宣从德士古被人家送回家来之后,自己也觉着有点儿羞愧,唉,真是自己太不知检点了,怎么张口就是一万元呢,一个小职员,几十年也赚不来一万元的,你打个赌就是一万,那才真是不把他吓死才怪呢。

当然,为了这事,我们侯三太爷也把他的儿子很是教训了一顿。"你为何可以如此放肆呢?出去做事,那是和在家里做公子哥不一样的,到了外边,你的一言一行都要格外当心,自重自爱嘛,这么点儿道理难道你还不懂吗?"侯三太爷把儿子数落了一顿之后,当然还是要给儿子找出路。"这样吧,官银号的经理是咱们家的老表亲,你上他那儿去吧。"

就这样,三天之后,侯子宣来到官银号,坐上了襄理的宝座。襄理嘛,就是一个闲差,什么事也没有,来不来上班都没有多大关系,只是让你按月来拿一份月钱就是了。而天津当时的官银号,其实早就成了私银号了,银号里面官家的钱早就落入了私人的腰包。不过呢,既然把官家的钱落入了私家的口袋,那就要八方维持,各方都得点儿便宜,也就是好堵上各方的嘴。所以,官银号一家银号,经理不过一人,但襄理却有几十人。有人说过一个笑话,说有一天官银号的经理正走在街上,忽然一面墙倒了下来,一下子就砸伤了二十几个人,行路的人被砸伤了官家要出面救护呀,这样就来了好多官家的人,要救护这些被砸伤的人,待到官家的人来到之后,就听这二十几个被砸伤的人一同对官家的人说,赶紧给我上官银号送个信,就说他们官银号的襄理在这儿被砸伤了。你瞧瞧,这官银号的襄理该有多少吧。

只是,就在能容天下人全做襄理的官银号,侯子宣还是被人家给送回来了。为什么?不能怪侯子宣,怪还得怪侯子宣的老爹,他平时总对儿子说钱就是王八蛋,这次他儿子活学活用,偏偏用错了地方。头一天,侯子宣要去官银号认门儿,其实呢,也就是认这一次门儿,以后也就不用常去了。进

·105·

到总经理办公室,送上去他老爹给总经理的信,又和总经理说了几句家常,什么令尊大人一向可好呀?等等等等,侯子宣倒也对答无误,最后到了告辞的时候了,总经理对侯公子说:"从今之后,侯公子就是官银号的襄理了,在外一切言行,都要从爱护官银号的声誉出发。想来侯公子一定知道,这官银号嘛,是做钱的生意的,至于钱呢,侯公子自然就更知道是一种什么东西了。"

"知道,知道。"和总经理说了一阵子话,侯子宣已经是和总经理不分彼此了,当即,他就极随意地和总经理说了一句笑话:"至于说钱是一种什么东西呢?其实总经理是不知道呀,钱就是王八蛋。"

总经理一听钱是王八蛋,当即就大吃一惊,"侯公子,你刚才说钱是什么?"他还以为是自己没有听清楚,便又问了一句。

"咳,这么点儿道理还闹不清楚吗?钱呀,它就是王八蛋,王八蛋赚钱,钱赚王八蛋。拜拜啦,我的总经理。"说罢,侯子宣就出来了。

五天之后,官银号的总经理来到侯家,见过侯三太爷之后,极虔诚地对侯三太爷说:"令郎以大学毕业的资历,在官银号屈尊,实在是有点儿太委屈了,我看还是让令郎做学问吧,他满腹经纶,出口成章,眼看着这样的一代精英只在官银号里做一个有名无实的襄理,我这个总经理就不好意思高高在上了。所以,请侯三太爷看在老表亲的面上,转告侯公子,今后就不必再到官银号去了。"

侯三太爷当然猜出必是自己的儿子又做下了什么荒唐事,当即便向总经理问道:"小犬莫不是又有什么不当之举了吧?"

"没有,没有,绝对没有,只去了一次,只见了一面,何以会有什么当与不当之说呢?"这位总经理急忙摇着一双肥手对侯三太爷说,然后不等侯三太爷再说什么,他就连忙鞠了一个大躬,告辞出来了。

"唉,我的儿呀,你可该怎么办呀!"送走了总经理,侯三太爷一个人犯了愁。

一不想远渡重洋寻求真理,二不能守乡在家谋职立身,无可奈何,那就随着人家孩子爱做什么就做什么好了。恰正在此时,侯子宣的两个好朋友也是什么差事都没做,于是三个人凑在一起,就在天津卫玩起来了。土财主家的后辈杨一富说:"咱打麻将吧。"好,三个人就开始打起了麻将牌,只是三个人不能成局,这样就又找来了一位也是公子哥儿的人物,四个人每天聚在一起打麻将,玩得好不开心。打麻将嘛,自然有输有赢,好在输也无所谓,赢也无所谓,不过是为了消磨时光,也免了出去惹祸。

只是洋财主家的后辈靳河童老在一个地方坐不住,打着打着他就想往外跑,他跑了不要紧,这一桌牌就凑不齐手了,于是就得想个法儿把他拢住,用什么法儿可以把靳河童拢住呢?杨一富说"找姐儿",也就说从外边找几个姐儿来,在这里陪着他几个一起玩。这一下,果然好玩多了,早以先光是四个和尚打麻将,打得人无精打采,越打越没精神,现如今有了堂客,一下子满屋生辉了,不时地就从屋里发出一阵咯咯的笑声,笑着笑着又没有声音了,过了好大一阵时间,突然嗷的一声尖叫,随后又是一片笑声,接着,便又打起麻将来了。

打了一年麻将,侯子宣成了天津麻将桌上的第一天王,他不仅在自家兄弟四个人中百战百胜,而且几次出征,也都是得胜而归。天津卫张勋老军阀过生日,各路英豪摆擂台,当年的一群北洋将领送来请帖,恭请侯公子屈尊光临,而且捎来话说,没有侯公子不成牌局。好办,空着一双手,侯公子单刀赴会,果然一路上把那等不可一世的臭手杀得溃不成军。到最后只杀得那些老军阀们个个俯首称臣:"服了,服了,侯公子果然一代牌王,真已是天下无敌了。"

做了天津卫麻将第一天王,那就别在家里玩了,打天下去吧。土财主的后辈杨一富给侯子宣出主意道:"子宣,什么叫大学毕业谋职立身呀,不还得看能耐吗?开洋行发财,带兵打仗发财,当官发财,做土匪也发财,无论用什么手段发财,全是发财。许他们缺德发财,为什么咱就不能凭本事发财呢？侯公子,不凭别的,就凭你这一手绝活,打遍天下,不出二年,我准保你能在天津卫称王称霸,多了咱也不稀罕,赚到手几百万咱就罢休,不买房不买地,咱就把钱放手心里攥着,吃喝玩乐,咱这辈子就算有了。跟我走吧,侯哥！"

经杨一富这么一说,侯子宣也有点儿心动了。"这样吧,咱也别说是想打什么天下,明日咱悄悄地先走一趟,试试手气,手气旺呢,旗开得胜,咱再一点儿一点儿地往里扎;手气不顺,背时,咱就打道回府,咱还是几个人在家里玩,只求个开心。"就这么着,侯公子跟着杨一富下赌场了。

天津卫的赌场可以说是遍地皆是,麻将牌因为是国粹,所以只在中国地界内有,譬如南市大街、老河东,就有好几处只打麻将牌的赌场,进门之后,谁和谁都不认识,凑齐了四家,支起桌来就开局,局底可大可小,大了无限,成千上万,十万百万,多大的局底都见过,小了也没人管,只是你一圈牌下来,得给赌场抽出二十元的头儿钱,也就相当于牌桌的租金。当然此中也有自家人互相认识,只是来这里打牌的,那就是图个清静,人家赌场也招待,就是挣你的一笔头儿钱嘛。

就这样,一连一个多月,家里见不到侯子宣的影子了。

最初，侯三太爷也没有在意，年轻人嘛，在外边贪玩是难免的事。只是日子太久了，侯三太爷就觉着这里面有点儿不对劲儿了。派出人去四处寻访，回来禀报说哪里也没有踪影，什么维格多利、皇后、皇宫、万国饭店，一概没有侯公子的影子。再找，别光往好地方去找，到了年岁，说不定就学坏了，你们就往那下等的地方去找。也是找遍了，法租界的夜巴黎、日租界的三友会馆、意租界的回力球社，一直到俄租界的蓝扇子公寓，全没有侯公子的踪影。当然，到后来侯子宣是败在俄租界的蓝扇子公寓里了，那是后话，反正在侯三太爷找侯子宣的时候，侯子宣还不知道蓝扇子公寓是怎么一回事呢。

派出去的人找不到侯子宣，侯三太爷就自己亲自出马，自己上街，满天津卫找他的宝贝儿子，整整找了一个月，也没找到一点儿踪影，侯三太爷有点儿着急了，他倒不是怕儿子失踪，他儿子是失踪不了的，因为他离不开天津卫，离不开吃喝玩乐，离不开钱，所以也就离不开爹。迟早他得回来，倒不是他想家，是他得回家来取钱呀！

偏偏这次，侯三太爷估计错了，人家侯子宣就是有志气，愣一连两个月没有回家，人家自立了，自己养活自己了，赚钱了，发财了，抖起来了！发了财我也要把你找回来，侯三太爷下定决心，一定要找回他的儿子，与他共享荣华富贵。

就这么着,我们的侯三太爷便马不停蹄地在天津卫找他的儿子,整整找了三个月。苍天不负有心人,侯子宣终于被他老爹找到了。在哪儿找到的?说出来又是一段笑话。

侯三太爷找儿子满天津卫跑,跑着跑着也就跑累了,免不了半路上就要找个地方歇歇脚,去哪里歇脚呢?好在侯三太爷在天津有好几处商号,全是自己的买卖,随便进到哪家,都是有吃有喝,中午还能睡上一觉。当然了,侯三太爷对于做生意是不甚经心的,这些年他一直是把生意交给别人去管,有好几处字号,他已是好几年没有登门了,反正每年给侯府上缴钱就是了,字号里的事,侯三太爷一概不问,只是落个清静。

这一天,天也是太热,侯三太爷找儿子跑了大半天,实在也是有点儿口渴,也有点儿累了。胶皮车拉着侯三太爷走到老西开,蓝牌电车道旁边,一家皮货店,自家的字号,进去歇会儿。于是侯三太爷让胶皮车停下,自己从车下走下来,抬脚就往字号里走。快走到门口的时候,侯三太爷只觉着今天的情形有点儿不对劲儿,平日里,侯三太爷偶尔到字号来一趟,不等胶皮车停下,字号里面早就呼啦啦跑出一大群人来,掌柜的站在前面,账房先生们立在后面,一个个毕恭毕敬地向着侯三太爷鞠躬,掌柜的还一声一声地向侯三太爷问安。可是今天,字号里明明是有人看见了侯三太爷从车上走了下来,可是冷清清居然不见一个人从里面走出来迎接。怪!侯三太爷找不着儿子的一肚子怨气就冲着这处字号发出来了,停住脚步,侯三太爷抬头冲着字号里面就喊了起来:"有喘气儿的吗?给我滚出一个活的来!"明明是侯三太爷挑了不是,明见老东家来了,掌柜居然摆大,岂有此理,瞧我明日不下了你才怪。

果然,天下人还是怕恶的,侯三太爷这一嗓子大喊,还真从里面喊出人来了。只是这个人比侯三太爷还凶,他立在台阶上,双手叉在腰间,冲着台阶下面的侯三太爷也是一嗓子大喊:"叫唤什么?你找死呀!"

啊?反了?侯三太爷从来没吃过窝脖儿(天津方言,比喻碰钉子),怎么?在自家开的字号门外,让自家雇的人破口大骂。真是没有王法了!抬起头来,侯三太爷冲着上边就要骂娘,只是他这一抬头,倒把火性消下去了。转回身来,他就往台阶下边走,一边走,还一边自言自语地说着:"我认错门了。"

可是,刚走下台阶,他又转回身来了。没错呀,台阶下边的这块石头,我认识呀,当年字号开张的时候,是侯三太爷亲自在台阶下边的石头上,拿斧头凿下了一个小角,取的是个不能十全十美的讲究。明明是这块石头,怎么会认错门了呢?回过身来,侯三太爷又往台阶上边走,只是这次他不像刚才那样凶了。

"请问这位掌柜,我怎么不认识你呢?"侯三太爷从下边往上一看,上边站着的这位掌柜自己不认识,他细想想,自己也没换过这家字号的人,怎么这个人自己就不认识呢?

"你不认识我,我还不认识你呢!"上边的人好大口气,他全然不知这字号本来是侯三太爷的买卖。

这一下,侯三太爷火了,他狠狠地一跺脚,冲着上边的人就骂了起来:"混账,你看看我是谁?"说着,侯三太爷还拍了一下自己的胸脯,似是要让上边的人睁开他的狗眼,仔细瞧瞧下边的这位爷是这家字号的老东家。

"你也往上瞧瞧,瞧瞧上边站着的这位爷是谁?"上边的人更是不含糊,冲着下边的侯三太爷"叫阵"。

听见上边的人如此凶恶,侯三太爷觉得其中必是有什么缘故,当即他就对上边的人说:"你可是给我听好了,我是侯三太爷,这家字号可是我开的买卖。"

经侯三太爷这么一说,果然气氛就发生了变化:"哟,你就是侯三太爷呀!你来得正好,我们东家正四处找你呢,兑字号的时候,咱可是说好了的,这字号还有一处外庄,可是接手之后,什么外庄呀?瞎话,一笔假账。我们东家说了,拿钱来吧,那处外庄我们不要了,八十万块钱,乖乖地,你快送过来吧!"

什么?真是见了鬼了。侯三太爷站在台阶下边愣了半天,他闹不明白眼前到底是发生了怎么一回事?明明是自家的字号,怎么全换了生脸?而且还向自己要钱?还说是什么有一处外庄字号?乱七八糟,活见鬼了。

压压性子,有话慢说吧,侯三太爷一步一步地走上台阶,又疑疑惑惑地走进字号大门,和这位先生一同坐下,一五一十地才向这位先生问清了端详。

"呀!侯三太爷,您老还蒙在鼓里啦?这字号早就在半年前兑给我们老东家了,是我们老东家从一个叫杨一富的人手里买到手的,明说就是侯家的产业,是侯公子在外边欠下了人家的一笔债,才出手用这家字号顶债的,原来的人马我们老东家全给辞退了,过户之后,清一色全换了新人,老人一个没留。"

"不对,不对。"嘴里虽是这样说着,可是我们侯三太爷的双手已经开始哆嗦了,他一面说着,还一面抽着鼻子,又一面嘟嘟囔囔地说着,"他们总要跟我说一声的呀,怎么一个人也不上家里去和我说一声呢?必是他们以为这是我的主意,把他们全都辞退了,人家那一班人不错呀,我能那样对待人家吗?孽障,不是东西的狗食孽障呀!"一跺脚,侯三太爷从椅子上溜了下来。只是人家新掌柜不听这套,人家新掌柜让伙计把侯三太爷拉起来,依然是恶凶凶地说着:"欠债还钱,装死耍赖没有用,玩这套,见过的多了!"

就这样,侯三太爷从他原来自家的字号门里爬了出来。

回到家来,侯三太爷一头倒在床上,一场大病险些乘鹤西去,幸亏那时候的牛黄清心没掺假,只几副药,就把侯三太爷给救回来了。大病初愈之后,侯三太爷流下了眼泪:"孽障呀,孽障,天公有眼,我侯姓人家没做过对不起家乡父老的缺德事呀!怎么就让我家出了这样一个孽障?掐死他吧,我下不去手,留下他吧,迟早这个家要败在他的手里,天公明鉴,无论是谁的罪孽,你就都惩治我一个人吧!"哭喊了半天,没有用,还是要把儿子找回来才行。想来想去,没有别的办法,侯三太爷只能去找巡警局,找到了巡警局,这才算是找对了地方,只要你花到了钱,巡警局没有找不到的大活人。

只是,待到巡警局把侯子宣给他老爹送回来的时候,侯子宣已经变成一个活鬼了:面带菜色,无精打采,走路都已经有点儿打摆子了,活赛是才得了半身不遂。

儿子回来了,也就好说话了,侯三太爷强压下心头的万丈怒火,让儿子坐在自己的对面,向儿子问起了话来。

"儿呀!你在外面都做下什么恶事了?"侯三太爷向侯子宣问道。

"什么坏事也没做,我只是玩牌了。"侯子宣战战兢兢地回答。

·115·

"输了,赢了?"侯三太爷又问。

"那还用问么?若是赢了,能是这份德性吗?"儿子倒是说的实在话,倘若赢了,他早就上别处玩去了,那样你就更休想找回他了。

"输了多少?"侯三太爷紧着追问。

"不知道。"侯子宣回答说。不过呢,过了一会儿,侯子宣又补充了一句说:"反正这么说吧,我记着昨日晚上的一圈牌,我是把咱家在外边的最后一家字号给输出去了。"

"啊!"一声大叫,侯三太爷当即就晕过去了。

一场慌乱,全家人一起忙得天昏地暗,费了好半天时间,才终于把侯三太爷救了回来,眼看着老爹舒出了一口气,侯子宣马上就过去对他老爹说:"爹,你若是不要紧,我就走了。昨天约定的,还有一桌牌呢。"

"啊!"又是一声喊叫,侯三太爷又气晕过去了,只是侯三太爷在几乎快断气的时候,他的一只手还紧紧地抓住了儿子的一只手,这才没让儿子跑掉。

一把大锁,侯三太爷把儿子锁在了后院的一间砖房里,四面的窗子用木条钉牢,把一个大活人给钉在了房里。隔着房门侯三太爷对儿子说:"活孽障,这个家算败在你的手里了,十几处字号都让你一个人给输掉了,你也算是本事不小了。只是我就想问你一句话,你把字号输给了别人,那原来字号里的人,为什么就没有一个人到我这里来说一句话?"

"他们是要来的。只是我对他们说了,你老人家已经不在人世了。"侯子宣极是坦然地回答说。

"啊!"又是一声喊叫,这次,侯三太爷可真是差一点儿就要被他的宝贝儿子给气死了。

…………

一场大病,侯三太爷在他的房间里整整养了一个多月,病情稍见好转,他忽然想起后院的小房里还锁着他的儿子呢,到底是父子情深。"唉,我的儿呀,这一个多月,真不知把你折磨成什么样了。"赶紧着人去开后院的小黑房,当的一声,铁锁打开,满脸红光,从里面走出来一个倜傥少年,不是别人,正是侯子宣。

何以这一个多月的囚禁生活,反让侯子宣又恢复了旧日的少年风貌了呢?你想呀,在外边一连半年打麻将,每天最多睡上那么三两个小时,如今回到家来,一头倒在床上,他整整睡了一个多月,睡足觉,还有人按时往小房里送酒送肉,明明是调养了一个多月身体,你说他能不风流依旧吗?

至于侯三太爷呢?虽说是病床上人参鹿茸地调理着,但是待到侯子宣从小黑房里出来之后,他几乎已经是不认识他的亲爹了。侯三太爷老了,老得没有一点儿精神了,连说话都没了一点儿力气:"子宣呀,你改邪归正吧,过去的事,我也就不和你一般见识了,重打锣鼓另开张,不就是你把外边的字号全给我输掉了吗?是儿不死,是财不散,咱就只当是从当初就没有这份产业。从今后呢,你给我好好地过日子,好歹咱家还有点儿浮钱,瘦死的骆驼比马大嘛,用这点儿浮钱,我给你成亲,办得排场不排场的,你也就将就点儿吧,谁让你自己把产业都输掉了呢?娶过媳妇之后,你给我好好地在家里待着,我一不指望你光宗耀祖,二不指望你发家致富。只要你和你那两个狗朋友断了来往,我就养活你一辈子。待我死了之后,你再如何荒唐,那也就没有我的事了,那就让你媳妇管你吧!"

经侯三太爷这么一安排,选下吉日良辰,侯子宣就办下了大事,把媳妇娶过来了。当然,前面已经交代过了,还是那位租界地的扯丫头,陈家的小姐,芳名叫陈云官,门第足配得上侯子宣,而且绝对是比侯子宣高上一等的人品。只是人家陈小姐是教会学校出身,有言在先,什么八抬大轿之类的玩意儿,人家是不上的,新式结婚,两个人一起去天主堂,由神父主持婚礼,从教堂出来之后,再一起去起士林吃西餐,凡是参加婚礼的人;双方家长一律不收礼,只是吃饭的时候,各人拿各人的饭钱。西化嘛,要化就全西化,只化那么一点儿点儿不过瘾,化就要从根儿上化,全跟洋人学。人家洋人,就是爹老子在儿子家吃一顿饭,临走时也要把钱给儿子放下,没有白吃的道理。

可真是丢死人了!侯三太爷气得全身直打哆嗦。可是,没有办法,如今侯家不是不行了吗?没有钱,你就得由人家摆布,倘在二年前,姥姥,我就是要拿花轿去娶你,你不上轿,当场我就招呼:"有上轿的没有?谁上轿,谁可就是侯家的大儿媳妇啦!"呼啦啦,不打破人头才怪呢。

结婚的这天,侯姓人家的亲戚没有请来多少,不是人家看不起侯三太爷,是侯三太爷觉着如此被人家糟践,太丢面子,干脆,少请人吧。可是陈家那方倒来了不少的宾客,其中还有好几十个洋人,人家陈小姐原来不是在教会学堂读书吗?自然就有许多的洋同学,其中有德国人,也有法国人,还有英国人,最被陈小姐奉为上宾的是一个俄国女人,年龄在三十多岁,据说是当年教会学校里的妈姆,光是这西洋玩意儿,妈姆也不知是什么名堂,反正既不是教师,也不是用人,妈姆就是妈姆,是女学生的保护人。

热热闹闹,这喜事就算是办完了,陈小姐于婚礼之后,随着侯子宣来到了侯氏府邸,这点儿倒是没有西化,两个人也是进了同一间洞房,好在东西方在基本程序上还是大体一致的。就这样,侯子宣就和陈云官成了恩爱夫妻。

果然,中国男人就是要靠媳妇管着,自从侯子宣成亲之后,他是再也不惦着往外跑了,连往房间外边跑的时间都没有，终日就是和他的小娇妻在屋里说悄悄话，说得没完没了，房间外只听得屋里小两口咯咯地笑，笑得连房檐下的猫都直愣神儿，一个劲儿地光抖毛。

眼看着儿子改邪归正了，侯三太爷也就放心了，当然，侯家的日月是不如以前了，钱已经是花得没有多少了，也就是维持开支吧。为了紧缩开支，侯三太爷把原来的用人全辞退了，家中的一切活计，全由陈云官操持。陈云官虽说是洋学生出身，但到底也是深知女德的孩子，在家里做家务，倒也没有怨言。更何况她的丈夫又是如此的貌美多才，能终日守着这样的美男子，就是再吃点儿苦，再受点儿累，那也是心甘情愿的。

平安的日月过了一年，这一年侯子宣的两个狐朋狗友也没来找他，眼看着侯子宣又快复原了人模样，渐渐地，侯三太爷就又想给儿子找点儿什么差事来做了，因为总不能就这样在家里吃闲饭呀。陈云官呢，当然也是希望丈夫能有个固定的职业，她也知道，侯三太爷已经是没有多少老底儿了。

只是，谁料就在侯子宣眼看着就要重新做人的时候，一件连侯子宣也没有料到的突然事件，一下子改变了侯家的命运，天昏地暗，就一眨眼的工夫，侯家的情形就全都乱套了。

前面已经说过了,侯三太爷为了紧缩开支,早已把家里的用人全都辞退了,而家中的一切活计就全由陈云官一个人操持。陈云官也是个能干的人,里里外外一把手,把侯三太爷服侍得舒舒服服,而自己的丈夫呢,那就更没的说了。只是有一件小事,谁也没有想到,陈云官可以在家里做零活,其余的买菜买米就由面铺往家里送,可是还有一件极小极小的芝麻谷子的小事没有人做,什么事没有人做?清晨买水,就没有人到水铺去买。

这就说到了天津人的习惯,天津人早晨不点火,所以早晨各家的开水,就都要到水铺去买,所以天津的水铺就非常多,几乎每一个胡同口,每条街上都有一家水铺。清晨起来,大户人家让用人提着几把水壶到水铺去买水,小户人家就只能是自己提着水壶买水去了。侯家自辞退了用人之后,一开始侯三太爷怕儿子借出门买水的工夫偷偷跑掉,所以就自己每天清晨提着大水壶去水铺买水,为什么不让儿媳妇去?好歹不也是一户富贵人家吗?哪有让年轻女人不到清晨就出门买水的道理?可是到底侯三太爷眼看着身体就不行了,于是侯子宣就对老爹说:"你不就是怕我跑掉吗?到胡同口外去打一壶水,来回不过一百步,身上也就只带上买水的一分钱,我就是想跑,连乘电车的钱都没有,我又如何跑得了呀?爹,你就信儿子这一回,每天早晨的这壶水,就让我到水铺去买吧。"

侯三太爷一听，觉得儿子说得也对，而且这也看出到底是儿子对自己心存孝意，早以先荒唐，那是受坏人的勾引，如今他已经和那两个狐朋狗友没有来往了，去胡同口的水铺打一壶水，还能出什么大事？

就这么着，在侯子宣改邪归正之后的第三个月，侯三太爷放儿子出门打水去了，果然平安无事，打水嘛，就是提着一把水壶出去，最多二十分钟回来，一壶开水提回家来，这一早晨的茶水就泡开了，当然也有的时候要多等些时间，水铺的水没有烧开，煤不起火呀，自来水管子出了毛病呀，总要多等些时间的，不过呢，等的时间再久，侯子宣也要回来的。因为他没有地方好去，腰包里只带了一分钱，他想跑也是跑不了的。一来二去的，对于侯子宣每天早晨的外出打水，侯三太爷和陈云官也就放心了。

但是，你瞧，又是"但是"，这位侯子宣光让人"但是"，"但是"一次就出一次乱子，这次他又是如何的一种"但是"法儿呢？

也没什么，不过就是把他家现在住的这处房子又输掉罢了。

这一天，清晨起来，侯子宣照例向云官要了一分钱，然后提起那把家传的老铜水壶，悠悠地走出了家门，侯三太爷起床后等儿子的水泡茶,陈云官起床后等丈夫的水洗脸。只是左等不见侯子宣的踪影,右等不见侯子宣的踪影,足足地等了半个钟头,还是不见侯子宣回来。这时,家里的侯三太爷和陈云官都有点儿坐不住了。"他别不是跑了吧?"侯三太爷向儿媳妇疑疑惑惑地问道。

"不会吧。"陈云官回答道,可是一双眼睛还是不放心地往门外看。

等着等着,足足等了一个钟头,终于,侯子宣回来了,这时侯三太爷才长舒了一口大气:"哎呀,我还当你跑了呢。"

只是,陈云官眼睛亮,她一眼就看出了此中有事。当即她就向丈夫问道:"子宣,说老实话,你在外边干什么了?"

这时,侯子宣把脑袋往下一耷拉,有气无力地向妻子回答说:"啥话也别说了,赶紧找房搬家吧,这所房子,我又输掉了。"

"啊?"这次该轮到妻子陈云官叫唤了,"怎么,这么早,赌场还没开门了呀,再说就一个钟头的工夫,你就是去赌场,也跑不了一个来回呀?"

"你不知道,是这么一回事……"自觉理亏,侯子宣只低着脑袋向妻子解释,语无伦次,他已是说不出一句成文成意的话来了。

是怎么一回事呢?怎么只出去打水的这么一点儿时间,

侯子宣就又把他家最后的这处房产输掉了呢？说来也是有点儿蹊跷，按道理说，是有点儿无法令人相信，不过呢，不合情理的事还就是发生了，而且发生了，你就得承认，老老实实搬家吧，这套房子已经是别人的了。

　　清晨早起，天还没有亮，侯子宣提着一把大铜壶走出了胡同，偏偏这一天水铺的水没有烧开，各位买水的人就要在外面等候。侯子宣呢，自然也要在外面立着。立了一会儿，他就见对面大树下有几个人在玩着什么，过去一看，咳，雕虫小技，猜硬币。这就类似后来足球场上的那种猜币，主裁判把一块硬币向天上一扔，双方队长猜"字儿"猜"背儿"，猜对的一方，就有权利挑选阵地，而没有猜中的一方，就只能开球了。天津卫的这种猜硬币，本来是一种民间的儿童游戏，就是一个人把一块硬币在地上转起来，然后用手突然往下一按，这时硬币就被他按在手下了，爱玩的人围过来，你猜是"字儿"，我猜是"背儿"，只作为是一种儿戏，猜对了可以在主家的脑门儿上弹一下，猜错了，自然就要让主家在你的脑门儿上弹一下了。有时也有一点儿赌博性质，你想呀，既然这个猜硬币的要把这种游戏摆在水铺门外的大树下边，他也就是指望赢个买水的零钱罢了，一个人一分钱，一早晨多不过赢上那么三角两角的也就是了。

站在水铺门外,等着水铺掌柜烧开水,实在也是无趣,侯子宣远远地望着大树下边猜硬币的人猜得那样着迷,心里也觉可笑。远远地看了一会儿,水铺里的水还没有烧开,侯子宣就身不由己地向大树下边走了过去。

　　大树下边,已经围了十几个人了,你说说,这天底下连一分钱也不放过的人,还是真不少。到底他们是如何的一种玩法?侯子宣走近前去要看个究竟。只是这一看,侯子宣吃了一惊,蒙蒙的曙色下,大树根上蹲着的这个人,你猜是谁?老朋友,杨一富。

　　"一富,你怎么败到这个份儿上了?"侯子宣吃惊之余,俯身冲着树根上蹲着的杨一富,就大声地问道。

　　杨一富听到有人认出了自己,最先还有点儿惊慌,但待他抬起头来看清站在自己对面的这个人是侯子宣时,他竟扑哧一声地笑了:"许你败家,就不许我败家怎么?"你听,这还用问吗?杨一富也是在赌场里输光了,如此才混到了这等份儿上,不得不到水铺门外来,糊弄人家的这一分钱。

　　"来,我也给你助助威风。"说着,侯子宣就蹲下了身去,只是摸摸口袋,只有一分钱,还是买水的钱。"罢了,我就是这一分钱了,输给你,图个热闹,我再回家去拿一分钱来。"

　　"赌场上才见真君子,一分钱的赌注也是赌注,你猜对了,我赔你一分,猜错了,我也就不客气了。"说着,杨一富就把手里的硬币飞快地转了起来。

"字儿!"杨一富刚刚抬手把飞快旋转的硬币扣在手掌下边,已经蹲在人圈里的侯子宣就迫不及待地猜了出来。

"好眼力!"杨一富把手抬起来,果然,地面上的硬币是字儿的那一面朝上。哈哈一笑,杨一富把一分钱硬币朝着侯子宣扔了过来。

"这回,我赌二分的。"侯子宣旗开得胜,立刻就来了精神,顺手他就把二分硬币一起扔在了地上。杨一富也当作是一种玩笑,转动硬币,他又把飞快旋转的硬币扣在了手下。

"还是字儿!"侯子宣又是半开玩笑地猜着,果然,还是他的眼力好,这次又让他猜对了。

这时,侯子宣手里已经有了四分钱了,杨一富抬头瞧瞧侯子宣,似笑不笑地撇了一下嘴,然后便似自言自语地说道:"真没想到,咱哥俩会蹲在大树底下玩这个。各位知道吗?我们弟兄两个原来是赌场里的老客,成千上万的大输大赢,从来没眨过眼,你瞧,如今败家了,两个人又一起猜硬币了。"杨一富对看热闹的人们说道。

"猜硬币又怎么样?不也是有输有赢吗?我赢了你,这就是我胜你一筹,你就得服,你们诸位说是不是这个理儿?"

"对,对。"众人自然随声附和。

一次一次,杨一富又转起了硬币,侯子宣又下了赌注,没多大工夫,侯子宣手里已经有了一元钱了。

"水开啦!"水铺掌柜在门里招呼各位买水的人,呼啦啦,围在大树下边看热闹的人走了一大半。只是侯子宣没走,他把手里的一元钱,一下子扔在了树根上:"就这一次了,赌给你,我好快去打水,我爹还等着泡茶呢。"到这时,侯子宣还没忘记他的老爹正等着他买水回家泡茶呢。

偏偏活该侯子宣走运,这次又让他给猜对了,这一下,侯子宣手里就有了二元钱。也是赌场上的规矩,光赢钱,不能走,好歹你也要输一点儿才能抽身。侯子宣当然不能改了这个祖辈上传下来的老例儿,为了给杨一富留个下台阶,他又把手里的二元钱放在了树根上:"一富,我知道你如今也是倒了霉了,出个花活,你就把这四元钱赢回去吧,你好回家,我也好去买水,咱两人就算是开个玩笑吧。"

"姓侯的,你看不起人!"没想到侯子宣的一番好意,反把杨一富给激怒了,他飞快地把硬币转起来,冲着还没有走的人们说道,"有下注的,咱接着玩呀,我这个兄弟想溜号了,他不是赢了四元钱了吗?"

"你骂人!"侯公子火了,他腾地一下子站了起来,回身往自家的院子一指,"姓杨的,你有这份胆量吗?我把我老宅的这套房子赌下了。"

"你敢赌,我就敢玩,这有什么!不就是一套老宅院吗?我

·127·

们杨家再穷,就是从我老岳父家,我也能给你鼓捣出一套房产来!有胆的,你就只管下吧。"

"好,君子一言,驷马难追,我可就真把这套房产赌下了!"说着,侯子宣一跺脚,他就把他家唯一的这老宅院,在大树下边做了赌注。

"你真下赌?"杨一富自然不敢相信,他抬起头来,疑惑地望着侯子宣。

"怎么,你不信?罢了,空口无凭,我给你立字据。"说着,侯子似是就要找笔墨,只是胡同口处,你哪里找笔墨去呀。转了一圈身子,他又蹲了下来,然后对杨一富说:"我多咱耍过赖?"

"你要不要赖,用不着对我表白。咱俩是多年赌场上的搭档。只是那时候咱是同舟共济,如今可我是赌东,你是赌客,交情是交情,输赢是输赢,咱可是六亲不认。"杨一富还要和侯子宣板上钉钉,唯恐侯子宣输了不认账。

"罢了,咱也别找证人了,现如今在场的爷们儿有一位算一位,你们给我们两个人作证,我们无论是谁赢了,到时候都有你们诸位每人二十元的酬谢,行不行?"侯子宣当即就想出了一个最好的办法,让在场看热闹的人作证,到时候他两家谁也不能反悔。

"行!行!"天津人乐不得捡这份便宜,又看热闹又得钱,谁不干呀？

"侯公子把房产赌出去喽！"立时，胡同口就有人喊了出来，喊声传到水铺里，水铺掌柜闻声立即跑出来，手里拿着一只大水勺，冲着侯子宣就喊了起来："猴小子，你又犯赌瘾啦，我告诉你爹去！"

全胡同的人都知道侯子宣因赌败家的事，三老四少的自然就要替侯三太爷多照管着点儿，可如今眼看着侯子宣又把他们家最后的一套房产赌出去了，水铺掌柜、老邻居能看着不管吗？

只是，还没容水铺掌柜往胡同里边跑，这一边，杨一富早就把硬币转了起来，侯子宣也早就喊了一声："字儿！"杨一富把手一抬，"背儿"，赌底出来了，侯子宣把他家最后的一处房产输掉了，咕咚一声，侯子宣瘫在了地上。

…………

就这样，侯子宣带着他的妻子从老宅院里搬了出来，那么侯三太爷呢？侯三太爷就不必搬了，到底是杨一富和他的老朋友有面子，他让侯子宣把他老爹的丧事办完了，才向侯子宣要这处房产。

侯三太爷就在他儿子告诉他输掉了房产的时候，又是啊的一声，这次他再没有醒过来。苍天有眼，到底让我们侯三太爷死在了他自己家的老宅院里。

3

正如杨一富所说的那样,朋友是朋友,赌博是赌博,胡同口外,侯子宣把自家最后的那所房子输给了杨一富,当天早晨还没等儿子把输掉房子的过程说清楚,侯三太爷便一口痰没有上来,两眼一翻,嘎嘣一下,就一命呜呼,西方接引去了。等到侯子宣把老爹的丧事办完,杨一富下了逐客令,限侯子宣三天之内搬家,这才逼得侯子宣从老宅里滚了出来,而杨一富却要卖房做正经生意了。

那么,侯子宣从老宅里被人撵出来,他领着妻子又到哪里去了呢?没有别的地方好去,也就是上老岳父家去呗。好在老岳父没有儿子,只这一个宝贝女儿,老岳父陈二爷早就等着侯三太爷咽气之后,接女儿和女婿到自己家里来住呢。说是倒插门女婿吧,怕人家侯子宣不愿意,如今他小两口没了去处,陈二爷名正言顺,正好把他两个接过门来,也免得自己一天比一天老了,身边没人,觉得寂寞。

把女儿和女婿接过来之后的第二天,陈二爷摆下酒席,为姑爷"温居",也就是说从今之后,侯子宣就要安心地住在陈家宅院里了。陈家宅院和侯家宅院也没有什么太大的区别,就是陈家宅院不像侯家宅院那样,可以由着侯子宣放在赌桌上做赌注,因为这不是你们侯家的产业了。

"子宣呀,"饭桌上,三杯酒下肚,泰山大人陈二爷对他的女婿说道,"以你的才干,以你的学识,无论是从政从文,都必是栋梁之材。唯可惜几个不务正业的朋友引你误入歧途,因此才使你败落至此,想来也真是让人觉得惋惜。今后呢,住在我这里,吃饭穿衣,自然不必你来操心,但梁园虽好,也终非久留之地,来日等你立身之后,你和云官自然还是要重新买下房产,那时你们还是要自成一户人家的。不过呢,我这里无论你们住多久,我都是求之不得的,别的我也没有什么强求之处……"说到这里,陈二爷似有难言之隐处,话到嘴边便又咽了下去。

侯子宣当然是一个精明人,看老岳父大人有话不好说,当即他就把话茬儿接了下去:"请泰山大人放心,我侯子宣是再不做那等荒唐事了。"

"你就放心吧,从今之后,你就是给他钱,他也是不会再下赌场了。我对他说了,只要他再赌一分钱,我就和他散。"坐在一旁的陈云官插言说道。

"说的倒也是,"陈二爷接着女儿的话说下去,"我这里比不得你们侯府,你们侯府有的是房产字号,我是什么也没有,只是有这么一笔存款,放在大莱银号里,没有我的片子,谁也取不出来,就是有人想拿我的钱去赌,大莱银号也不会把钱支给他的,瞧见了吗?这就是我的片子:陈某人。"说着陈二爷就把自己的一张名片放在了桌上。

"知耻近乎勇,我侯子宣也是一个堂堂的汉子,怎么就改不了这么一点儿小毛病呢?"侯子宣向他的老岳父表白,看那神态,真是一副知耻改过的样子,老岳父不能再迫女婿向他指天发誓,有了女婿的这一番表白,陈二爷也就没的说了。

就这样,侯子宣就在老岳父家住了下来。陈云官知道丈夫的毛病,终日把他看得紧紧的,连大门都不让他出去,好在租界地也没有水铺,陈二爷也没有早晨喝茶的习惯,所以侯子宣也就用不着早晨到水铺买水去了。也是我们侯子宣本质上是一个好青年,只要没有坏人勾引,他一个人是想不出坏主意的,何况身边还有这么一个俊媳妇在房里和他做伴,那他就更哪里也不想去了。

也活该是又到了侯子宣走倒霉字的时候了,这一天早晨侯子宣看报,忽然只听他啊的一声,不由得他就发了一阵感叹:"唉,这人生一世显赫一时,谁想到居然落到这等下场。"

"你这是说什么？"一旁正在看画报的陈云官听丈夫的话似有余音，便心不在焉地问道。

"你看。"说着，侯子宣便把手中的报纸送到妻子面前，随手又指着报上的一则消息对陈云官说道。

陈云官凑过身子一看，也大吃一惊地呀了一声，身不由己，手一哆嗦，她竟然把手中的画报掉在了地上。

"没想到吧？"侯子宣向陈云官问道。

"真是善有善报，恶有恶报呀！"陈云官也是感叹着，接过那张报纸继续看下去。

是一则什么消息让侯子宣一对小夫妻如此发了一番感慨呢？社会新闻，一位姓靳的老军阀，洗手之后，回到天津做了寓公，在租界地里买了房产，放下屠刀，他要立地成佛了。只是这位老军阀不想成土佛，于是他就入了基督教。入了基督教，就要每星期到教堂去做礼拜，就算你老军阀当年在沙场上再凶，如今在上帝面前，你也是一只迷途的羔羊，要老老实实地向上帝忏悔。就这么着，这位老军阀，也是上帝的新信徒，便每星期必到教堂去做礼拜，好争取上帝对自己的宽大处理。

这一连已经是好多年过去了，照理说，上帝早就宽恕他往昔的罪过了。只是突然一个奇女子来到了天津，在基督教教堂里找到了这位老军阀，就在一个礼拜天里，也正是在这位老军阀向上帝祈祷之时,忽然间教堂里一声枪响,老军阀随声倒在了血泊之中。原来这位奇女子,是原先被这个老军阀杀死的一个人的后辈,十年之后,这位有志气的女子长大成人,人家到天津报杀父之仇来了。

"好!有志气!"陈云官看罢报纸,当即就赞叹着说,"杀父之仇,焉能不报?倘若是我,我也要如此这般的。"

"你知道这位被打死的人是谁吗?是我的老朋友靳河童的老爹。"侯子宣说着,毫不掩饰自己心中对老同学家人的同情。

"那就更该向他讨这笔血债。我还记着他一笔债呢,好好的我们一个侯子宣,让他们两个孽障给带坏了。"陈云官说得咬牙切齿。

"一场军阀混战,孰是孰非?还不全是一些杀人的魔王?此中哪里还有什么私家的仇恨可言?说到报仇,倒是中国人要和这些军阀算账,只怕他们一个一个谁也还不起这笔账的。"侯子宣当然是言之成理,到底人家不愧是受过高等教育的人。

侯子宣和陈云官一对小夫妻,正在争辩这杀父之仇到底是该报还是不该报之时,忽然大门外传来声音,说是要找一位叫侯子宣的公子,有要事相求。侯子宣一想这世上居然还有事情要求到自己头上,便应声走出来,仔细询问。门外一看,原来是靳家派下了人来,求侯公子帮忙,要把他们家的靳河童找回来。

靳家的老爹被人给打死了,死人停在殡仪馆里,满天津卫找大儿子靳河童快回家来办理丧事,只是找遍了天津卫,也找不到这位靳少爷的影子。没有办法,只得来求他的知心朋友帮忙。可是,你让侯子宣到哪里去找靳河童呢?只是,家有丧事,耽误不得,就是陈云官不让丈夫出门,这种事她也不能看着不管。

你看,无巧不成书吧!怎么就这么巧?侯子宣已经是一个与世隔绝的人了,偏偏他的老朋友的老爹被人打死了,而这位靳河童如今又不知去向,而要想找到靳河童,那又是非侯子宣莫属的事。你说说,让不让侯子宣带上人去找这个孽障吧?

陈云官没有主意,就只得去和她的老爹商量,陈二爷一想,这死爹的事,非同小可,一个人一辈子至多也就是赶上一次,不把"孝子"找回来,死人如何发丧呀?"去就去吧,"陈二爷对女儿说,"只是告诉靳家的人:第一,别放子宣一个人去找;第二,只要一找到人,马上就放子宣回家,别留在那里和靳公子一起鬼混。"

"好好,一切照办。"靳家来的人满口答应,几乎是给陈云官写字据,打了借条,这才把侯子宣从陈家请出来。

到底是一丘之貉,臭味相投,谁都知道谁的底细,没用多少力气,侯子宣就把靳河童找出来了。只是,靳河童是回来了,而我们的这位侯公子却不见了。一个月之后,当陈云官把侯子宣找回来的时候,侯子宣已经得了一种蹊跷的病症,几乎成了一个痴呆,连眼球都不会转动了。

陈云官是从哪里把她丈夫找回来的?又是在哪里使一个聪明博学的侯子宣染上了这种病症?几乎变成了一个痴呆?

蓝扇子公寓。

蓝扇子公寓是个什么地方?

俄国妓院,俄租界的高级窑子。

其实呢,把蓝扇子公寓说成是妓院,或者是窑子,完全是对蓝扇子公寓的诬蔑,人家蓝扇子公寓明明比中国的大公馆还要阔气,不三不四的人连大门都找不到,那何以能说是妓院呢?明明就是宫殿。

如此,就要对蓝扇子公寓用点儿笔墨了。

若一定要说是妓院呢?蓝扇子公寓确实也是这么个地方,但蓝扇子公寓不同于一般的妓院。一般的妓院里,做妓女的都是些苦孩子,有半路出来混事由的,也有从小就被卖到妓院里面来的女孩子们,就算妓院对买来的女子多加培养,从小就琴棋书画地在园里养尊处优,但到底真正名门出身的小姐、大家闺秀是不可能沦为烟花女子的。可是,人家蓝扇子公寓里的小姐却个个出身名门,顶不济的也是公爵小姐,据说里面还不乏皇亲国戚,甚至还有人说,蓝扇子公寓里面,至今还窝着一位俄国皇帝的亲生女儿。

二十世纪一二十年代,沙俄的贵族一股脑儿地逃到了中国,最先是到哈尔滨,哈尔滨人满为患,大批人马又一齐南下,这样就来到了北京,北京又放不下了。这些人总要有个去处呀,也不怎么一商量,这些人就一下了来到了天津,并且住进了原来的俄国租界地。

当这一批俄国侨民开始住进俄租界的时候,俄租界还是一片富贵景象,路上不见什么行人,家家户户的日子也过得平平安安,一些俄国侨民也算是安居乐业。但是这一批俄国流民住进俄租界之后,没过多久,原来的俄国租界就一下子破落了。一开始自然是热闹了几年,因为这批俄国流民和原来的侨民不一样,原来的侨民大多是商人,而这批流民却全是贵族,他们是带着三套马车和成群的仆役到中国来的,到中国之后,依然过着他们在沙俄庄园里过的日子。咖啡蛋糕,三天五日地就举办一次家庭舞会。可是,再厚的家底也经不住这样挥霍呀,没三年工夫,他们已是一家一家地全都吃空了。吃空了,就卖,卖银器,卖钢琴,卖马车,卖一切能卖的东西,东西全卖光了,再卖,就得卖人了。于是,这些旧日的皇亲国戚们,被饿得只有让自己的妻子女儿到外面来卖身。但卖身也不是想卖就卖的呀,总要有个地方,还要有个价码,还不能卖得太贱,于是这就出了一个高人,他想出了一个极体面的办法,就在原来俄租界的一条叫项家胡同的地方,他买下了一所大公馆,把里面装修得和宫殿没有两样,又找出来一位高人给这所公馆起了一个高雅的名字:蓝扇子公寓。

如此,就又给后人留下了一个典故,也给编故事的作家,如我,留下了一个拴马桩,若干年之后,还让我在这里把诸位看官骗了好大一阵子,光听我一个人白话。

说到蓝扇子公寓,老天津卫的人没有一个不叫好的,据一位当年常到里边玩的先辈后来对我说:"嘿,那地方,真叫神仙住的地方,从屋里往院里飘香味,又从院里往马路上飘香味,那香味呀,可不像后来什么百货店里糊弄中国人的那种香味,那是一种能让人一闻上就全身酥软的香味。反正这么说吧,就算你是一个铁打的汉子,只要你一从蓝扇子公寓门外路过,一闻到那股香味,你若是能咬住牙关,愣是不进去,你后来就是进了日本的红帽衙门,无论日本特高课如何拿酷刑整治你,你一定也能至死不招供。"

谢天谢地,幸亏咱没赶上那样的年月,我真担心我不是铁打的汉子,万一被一阵香味引进了蓝扇子公寓,以我这几个可怜的稿费,只怕连一杯咖啡都买不起的,到那时,可真是要挨揍了。

在蓝扇子公寓里过一个销魂的晚上,要花多少钱?完了,老戆了,那地方有玩一个晚上的吗?一次性交费,类似今天的高级私人俱乐部,凡是这家俱乐部的成员,一个月交上一次入会活动费,别处是什么价码,在下我是不知道呀,反正在我们天津,有一次我看报,那报上的广告说,入会费是一万五千元。你想想,这还不在那儿过夜,就得这么多的钱,那早以先的蓝扇子公寓,能少得了钱吗?又是据我家一位在蓝扇子公寓里玩过的先辈后来对我说:"我就是去了一次,才住了一个星期,回家来,就说是银号里的钱全都花光了。你知道那是多少钱吗?别提了,早知道这么糟蹋钱,我也要先买下几处工厂的呀,咱家在银号里的那点儿存款,多了也没有,反正这么说吧,只那点儿零头,也够买半个电厂的,足够你和你哥花一辈子的呀!"你瞧,若不,凭我这样的年纪,怎么就知道蓝扇子公寓里面的情景呢?

只是,要想从犹如仙境的蓝扇子公寓里找出个人来,那可是比大海里捞针还要难上一百倍。为什么?蓝扇子公寓不问嫖客姓甚名谁,没有咱们中国人的那些毛病,进得门来,先要问一声"二爷怎么称呼"?你问这个有什么用?你是打算和这位二爷过日子怎么的?不就是玩一阵子就走的交情吗?

人家蓝扇子公寓就好,无论是中国人、洋人,进到蓝扇子公寓之后,一律凭蓝扇子皇后给你另起一个名字,由她高兴,今天你去了,她一高兴就管你叫伊万,明天还是你去了,明明她认出了你,但她一张口,就给你起了一个新名字:阿廖沙。好在嫖客也不争辩,你爱叫我什么我就是什么,反正是这一大堆钱,花光了我就走,下次再来,又是一个新人。

所以,这就给找人的人,制造了许多麻烦,你到了蓝扇子公寓,也找到了蓝扇子皇后,但你说我找靳河童,她一摇头:"涅兹那尤"(俄语中"不知道"的音译)。活给你吃一个大窝脖儿。那么我们侯子宣是如何找到靳河童的呢?要不怎么就说是老朋友呢?侯子宣一想,这天津卫这么大,你到哪里去找靳河童呀?有了,到底是人家上过大学的人,主意就是多,侯子宣心想,这位靳河童爱吃西餐,而西餐之中,靳河童最爱吃的是维格多利的烤鹅肝。靳河童三天若是不吃一顿烤鹅肝,他就要得一场大病,五天若是吃不上烤鹅肝,他就得馋得把他自己的肝掏出来吞下肚去。

好了,既然你有这个毛病,咱就能把你找回来。一出门,侯子宣就去了维格多利,找到一张餐桌,他就大方地坐了下来。维格多利的老领班认识侯子宣,也知道侯子宣败家的情形,但今日侯子宣又出现在了维格多利,想来必是东山再起了。不敢怠慢,老领班马上迎过来,向侯子宣问好:"侯先生近来可好？"

"马马虎虎吧。"侯子宣答得含糊其词。他知道,在天津卫,你谁都能骗,就是休想骗大饭店的领班,这些人的眼力最尖,你是真有钱,还是假有钱,他一眼就能看出来,所以到了这里,你最好是老老实实,少充大尾巴鹰。

老领班自然不再向侯子宣仔细询问,只是恭恭敬敬地问着:"侯先生今天用点儿什么？"

"烤鹅肝。"侯子宣回答说。

扑簌簌,老领班一听说侯子宣点了一份烤鹅肝,当即就感动得流下了眼泪,抬起手来,老领班拭了一下眼角,然后才抽抽噎噎地说道:"到底是你们上等人家的公子呀,自己才一发迹,立即就惦着要好的朋友,侯公子,我知道您是不吃烤鹅肝的,你这份烤鹅肝我也知道是为谁要的,不过呢,靳公子那里,您就不必操心了,他的用餐,我们是按时给送到的。"

确实,侯子宣从来不吃烤鹅肝,他一闻见那股腥味就恶心,今天他来到维格多利,点下一道菜,要烤鹅肝,老领班当然知道他这是给靳河童点的菜。侯子宣穷了这么多年,才有了几个钱,马上就想起了自己的朋友最爱吃的西餐,老领班何以能不感动呢？

"你们给靳公子准备好了饭菜,我也就放心了。这个人呀,一到了花花世界,就连吃饭都不顾了。"侯子宣说着,明明是想往外套老领班的话,想知道他们给靳河童准备的饭,要送到什么地方去?

"我还想,这次靳公子到蓝扇子公寓去玩,怎么侯公子不跟着一起去呢?"

老领班看侯子宣如此惦着靳河童,心想他一定知道这位靳公子如今正在蓝扇子公寓里销魂,于是,脱口而出,他就把靳河童的去处说了出来。

心中暗喜,侯子宣一条妙计打听到了靳河童的所在,当即他就从维格多利出来,径直就奔向蓝扇子公寓而去了。

瓮中捉鳖,侯子宣来到蓝扇子公寓,大摇大摆地一直上到三楼,站在楼口上一声呼喊:"靳河童,你爸爸死啦!"

"放你娘个屁!"腾的一下子,从一套房间里就跳出来了一个靳河童,他冲着侯子宣破口大骂,他还当是什么人和他过不去,便找到蓝扇子公寓里来咒他呢。只是出来一看,不是别人,原来是自己的好友。"哟,你怎么知道我在这儿的?"靳河童奇怪地向侯子宣问道。

"闲话以后再说吧,赶紧回家,你老爹被当年的仇人拿手枪给打死了。"侯子宣来不及向靳河童仔细述说寻找他的经过,便先急着催他回家去料理丧事。

"哎呀,我的老爸呀!"听说老爹死了,靳河童当即一声大喊,立时就急出了一脸汗来。"你怎么走得这样快呀!"

侯子宣看见靳河童急成了这份模样,自然以为他是为了丧父而极度悲伤,不免他就想说几句劝慰的话。但是,还没容侯子宣把劝慰的话想好,就在他的对面,靳公子又说了一句话,险些没把侯子宣给逗笑了。

"爹呀,我这儿刚刚又交了一笔钱,还一天没消受,您老这一走,这笔钱不是就白送给老毛子了吗?"我的亲爹,原来靳河童哭的是他才把一笔钱交到了蓝扇子公寓,一天也没有享乐,如今就要回家,也真是太不知钱是好东西了。就是老爹你到了寿数,好歹你也再等些日子,让我们靳河童把这几个钱花完了再走,也不迟呀。

本来,侯子宣是要劝慰靳河童什么节哀呀、保重呀什么的,但如今一看靳河童原来是为白扔了一笔钱在着急,他也就把那些话扔到一旁去了。立即侯子宣给靳河童出了个主意说:"若不,你留在这里接着玩,我替你去料理这一桩丧事吧。"

"那怎么可以呢?"到底又是父子情深了,靳河童还知道给爹下葬,那是不能只派个代表去的。可是,这刚刚交给蓝扇子公寓皇后的这笔钱,总不能白扔掉呀!再说,这地方又不同于那些商号,交了钱可以退,这蓝扇子公寓只要你交了钱,它就要满足你的一切欲望,但是,你若是半路上有了别的急事要走,那人家是不退款的。大爷嘛,扔出去的洋钱,泼出去的水,那是收不回来的。

"算了,这样吧。"靳河童灵机一动,想出了一个好主意,"我呢,那是一定要回家操办丧事的。可是这笔钱,咱不能白便宜了老毛子,我看你就留在这儿开开洋荤,蓝扇子里面的情形你还没见识过呢,不开开这个眼界,也是白来一世。就这么办了,子宣,算是你有这份艳福,可劲儿玩吧,咱两人再见了。"话刚说完,靳河童一转身,风一样,他就走了。一套大房子里,就剩下了侯子宣一个人。若说,还是人家蓝扇子公寓的买卖做得规矩,既然你交了钱,人家就变着法儿地侍候你,钱没有花光,半路上换了生脸,人家是只认钱不认人,侍候谁都一样,童叟无欺嘛。

就这样,侯子宣就住在蓝扇子公寓里面了。若说是我们侯子宣不知道这儿是一个大陷阱,那也是不合逻辑,靳河童刚一走,侯子宣本来是要随着跑出来的。只是,恰这时,四个美女随着一股醉人的香味飘进屋来,悠悠地那么一转,就给侯子宣表演起了西洋舞蹈,光跳舞也不至于就把侯子宣留下,只是这种舞,侯子宣没见过,这四个美女才随着乐曲转了一个小圈,也不知是怎么一下子,侯子宣就只看见这四个美女身上披的薄纱一下子就从肩上滑了下来,滑下来倒也没什么要紧,只是这四位美女的身上除了这一层薄纱之外,那是什么也没穿呀！我的天,你就想想吧,我们侯子宣早就听说有一种叫天体表演的西洋景,只是他没有这份艳福开眼界,今天一点儿精神准备也没有,从天而降,就在自己的眼前,就在自己的身边,四个天仙一般的美女,就这样赤身裸体地飘着香味地围着自己转,你说,这侯子宣还顾得上去想他的陈云官吗？

天昏地暗,待到这四位天仙般的美女又在乐声中飘走之后,侯子宣已是连大门在哪里都找不到了。去他的吧,都说蓝扇子公寓销魂,如今也轮上我开开眼界了,又不是花自己的钱。

待到陈云官把侯子宣从蓝扇子公寓里揪回家来之后,侯子宣几乎已经成了一个傻子了,这一阵子,他可是开了眼了,什么没见识过的,全都见识到了,蓝扇子公寓把沙俄时代老朽们的销魂把戏,全盘地带到中国来了,其中还有他们从法国引进的种种新把戏,一下子让侯子宣遍尝了此中味道,侯子宣不傻才是见鬼呢！还是据我们那位见识过蓝扇子公寓西洋景的先辈后来对我说的,真从蓝扇子公寓里抬出来过半死不活的人,也不是人家折磨了他,是他太没见过世面。有一次,一个什么场面,一位公子哥当场嗷的一声就死了过去,倒把在他面前做特别表演的一男一女,吓得光着身子跑到了大街上,人家还不明白,这中国的孩子为什么就这样不经吓,没给他看什么呀,不就是人人都知道的那两下子吗?这有什么可怕的?少教育。

"呸!这帮臭狗食,瞧你把我家的男人害成了什么样子!"陈云官骂着,目光中燃烧着仇恨,只是你再恨也没有用,侯子宣已经是丢了魂儿了,连眼珠儿都不会转了。光是变傻了也无所谓,最最说不出口的事,是侯子宣染上了症候。知道什么是症候吗?就是又要命,又不能去治,又不能对人说的那么一种病,哎呀,好好的一户人家,就眼看着败在蓝扇子皇后手里了。

陈云官这里正在为丈夫的病犯愁,风风火火,陈二爷从外面回来了,进得门来,陈二爷破口就骂:"云官,你那个狗食男人呢?孽障,真是作孽作到我家头上来了,老天爷呀,我做了什么对不起祖宗的事了呀,怎么就让我遇上了这种事呢?"陈二爷骂着,不禁眼里就流出了眼泪,流着流着,他竟呜呜地哭出声来了。

"爹,你这是哭什么呀?人回来了,咱就想法给他治病吧,我这儿还着急呢。"陈云官见老爹急成这个样子,心里还有点儿不高兴,便又是劝说,又是埋怨地对老爹说道。

"我急什么?"陈二爷向女儿大声地喊着说,"咱家在大莱银号的存款全让你那狗食男人给支出去花了。唉,全怪我一个人,当初我为什么要把在银号存款的事对他说了呀,我还给他看了我的片子,谁想到,那天晚上我一时高兴就忘了把那张片子收起来了呀!让这么个孽障揣在了怀里,这回他用上了,一张片子交给了蓝扇子公寓,咱们家的钱,全没了,一分钱也没有了,我的女儿呀!"

哭着喊着,陈二爷还要对女儿细说侯子宣把他家的钱全都花光了的经过,但是,突然陈二爷一咧嘴,只见他的脑袋一歪,口水就从嘴角就流了下来。陈云官一看情形不好,马上跑过去要搀扶老爹,但是已经晚了,陈二爷已是身子一挺,当场就死了,他连一句话也没有留下,就活活地被侯子宣气死了。

4

陈家一夜之间成了穷光蛋,陈二爷一口气没有上来死在女儿的面前,陈云官真是想拿一把刀去找靳河童算账;可是,人家靳河童只不过是让你家的侯子宣把他交到蓝扇子公寓里的钱花掉,人家没让你家的侯子宣花他自己的钱呀!你找人家算的什么账?和你丈夫算吧,谁让他不学好呢?

总还是陈家的小姐能干,泰山压顶不弯腰,人家就一个女儿家,便把发丧老爹的事办完了。老爹下葬之后,陈云官又变卖家产,给侯子宣治了一阵子病,至此,陈家已经完全彻底地变成一个穷苦市民了。

侯子宣成了一个废人,明白什么是废人吗?他不是得了那种病吗?能够把命救回来,就是祖上的荫德了,别的就不要想了,这样,侯子宣就不中用了。中用不中用,对于侯子宣来说自然已是颇为狼狈了,而对于陈云官这样一个正当年少的女子说来,那就实在是太可悲了。再加上她还要出去想法挣钱,养活自己和自己的孽障丈夫,你想,她心里能没有仇恨吗？

陈云官恨谁？当然，她应该恨万恶的旧社会，只是那年月，谁也没有这份觉悟，她就知道恨侯子宣的两个狗食朋友，一个是勾引得侯家败家的杨一富，第二个就是比杨一富更不是东西的靳河童。

"我真佩服那位把靳河童他老爹打死的奇女子，人家怎么就这样有志气？宁肯自己去坐监牢，也要报这笔杀父之仇。"平日里，每当陈云官和她那个也不知是变好了没有的丈夫说闲话的时候，陈云官总是说那位侠女。言外之意，她也要去找她的仇人报仇。"只恨我没有手枪。唉，有了手枪我也是不敢放，不是男儿身，就没有男儿胆，这口气，今生今世就休想出了。"说罢，陈云官还长长地叹息着。

侯子宣哩？当然什么话也不说，他现在只恨地上没有一个缝儿，否则他是一定要钻进地缝儿里去的。你要知道，一个人最痛苦的事，就是对自己的错误有了一些觉悟的时候。

光在家里心怀仇恨不管用，还是要想办法吃饭穿衣，无可奈何，陈云官只得出去找点儿活做。可是一个女人，又是一个有一点儿身份的女人，你让她去哪里找事做呢？去洋行当职员？若赶上现在行了，凭陈云官会说好几国的外语，什么英语、德语，重要的是她还会说俄语，至少能在合资企业里当个秘书，可那时候洋行里没有女职员。去学校教外语吧？陈云官又没有做教师的资格，干点儿别的吧？帮工，陈云官又不是那种人，想来想去，陈云官也是实在没有更好的办法了，灵机一动，她找到了她原来的学校，找到了她原来在学校读书时的妈姆，妈姆和学校一说，还是老学校有面子，陈云官就留在她的老教会学校里，给学生们做妈姆了。

在教会学校做妈姆是怎么一回事？这就和本文无关了，大家也不必细问，在下也不想细说，咱们也就两便了。只是对陈云官原来的这位妈姆，就到了要做些交代的时候了，也没有什么太多的事要向诸位看官细说，大家只知道这位老妈姆是俄国人就是了。这位老妈姆是俄国人有什么重要？重要得很，她若不是俄国人，陈云官还不去找她呢？这就叫多一个朋友多一条路，谁都想不到会有用得上谁的日子。

陈云官在学校做妈姆，每天早出晚归，虽说不为清闲，可也不是太累的差事，回到家来还要烧饭洗衣，这样倒也使一户人家有了一点儿生气。只是侯子宣哩，她也就不管了，如今他已是钱也没有、能耐也没有的人了，想做什么，就让他只管去做好了，陈云官对她的丈夫说了："别以为我还管着你，你自由了，爱做什么就做什么去吧。可有了这一天了。"

侯子宣呢？当然是哑口无言，有钱有本事的时候，已经都折腾完了。如今到了这等份儿上,还出去干吗?在家里待着吧。

可是这读书人在家里待不住呀,待在家里,他就难受,虽说不想寻开心了,但总要有个办法消磨时光,用什么办法消磨时光呢?买一张报纸来看吧。就这样,侯子宣每天早晨一张晨报,晚上一张晚报,早晨的晨报从八点看到下午,晚上的晚报从晚上一直看到深夜,这样倒也觉得时间好打发了。

就在这一天晚上,侯子宣又和平日一样买来了一张晚报,陈云官还没有回来,他就一个人坐在屋里翻过来翻过去地看了好几遍,看着看着,忽然在社会新闻版的一个角落里,侯子宣看到了一条消息。这条消息说,沙俄皇帝尼古拉二世虽早已被处决,但他的家人却至今下落不明,一些人去了巴黎,还有几个,据说是到了中国。最近就有一位皇姑来到了天津,下榻在皇宫饭店,日前刚举行了记者招待会,公开寻找她的亲外甥女儿,而且"沙俄皇帝尼古拉二世之亲生女儿尼古拉·安娜斯塔莎,今年正值二十岁,自一九一七年与家人失散后,一直没有音信,据侨居哈尔滨的老皇姑估计,这位公主如今就在天津,因当年老皇姑曾亲自护送这位公主来到中国,只是因一时混乱,致使二人离散,至今已达二十余载之久,云云"。而且,这位老皇姑还说,无论这位公主下嫁给了谁人,只要把这位公主领来,谁人就是沙俄帝国的驸马爷,而最近传来的时局估计说,一旦世界战火重燃,俄皇便立即复位,那时老皇帝不在了,而俄国又有女人做皇帝的风习,到那时尼古拉·安娜斯塔莎就是一国之主,而这位俄国女皇的丈夫,那自然就是俄国的大姑老爷了。发了!谁若是有这份福气,谁才是有造化呢!

当然,侯子宣是没有这份野心了,很简单,他侯子宣已经是有了家室的人了,就算是中国允许讨二房,可你也不能把俄国女皇讨下做小老婆呀,就像薛平贵那样,家里有了一个王宝钏,外面还有一个代战公主,两个人都名正言顺地是他薛平贵的夫人,就算薛平贵愿意,王宝钏愿意,代战公主也愿意,可人家俄国皇族不愿意呀!就算俄国皇族愿意,俄国老百姓也不愿意呀,哪有女皇做人家姨太太的?算了吧,就是有这份便宜,也没有我侯子宣的份儿了。

侯子宣没有这份心,但他昔日的两个好朋友还有这份心了呀!人家两个人都还没有成家呢?为什么打光棍?等的就是这个飞来凤。就算得不着这份便宜,到底咱也跟着惹惹几天,万一找到这位俄国公主呢?那不就白捡一个洋驸马爷的身价了吗?

未出意料,就在报上登出尼古拉皇姑寻找安娜斯塔莎公主的消息之后的第三天,靳河童就找到侯子宣家的门上来了。侯子宣在房里一听见门外传来靳河童的声音,当即就把房门紧紧地关上,然后又背倚着房门,不让靳河童进来。靳河童立在房门外和侯子宣说话:"子宣,我听说你得了一场病,不是老朋友不来看你,是我正在守孝,行动不方便呀!那些小报记者可不是东西了,我动一动就有人在报上写文章,说我于丧父守孝之日,还四处寻欢作乐。我行不行乐的有你们什么事?其实我倒不怕他们,不是也得给老辈们留点儿面子吗?他们还得打着我老爹的旗号蒙事呢,我把人缘混坏了,也是连累他们呀。如今好了,守孝一年到底过去了,以前的事有什么谁对谁不对的,用不着总记在心上,不就是没钱用吗?老哥哥我把你们一家人的开销全包下来了,子宣,跟哥哥走,今天咱去维格多利,老哥哥给你赔情。"

自从侯子宣把陈二爷气死、陈家败落之后,至今侯子宣还没吃过一餐可口的饭菜呢,陈云官粗茶淡饭地都快要把侯子宣原来肚里的油水刮干了,一听说靳河童要请自己去吃西餐,侯子宣当即就动了心,不计前嫌,穿上件衣服,他就跟着靳河童走了。

靳家当然还是昔日的威风,靳家的老爷子没有了,但是老爷子留下的财产还有,足够他的儿子造一辈子的,所以靳河童还是往昔的风采,一提起花钱的事,就来精神。走出胡同口,叫了两辆胶皮车,靳河童带上侯子宣就直奔维格多利而去了。到了维格多利,两人走下车来,靳河童在前,侯子宣随后,大摇大摆地两个人就往维格多利的楼上走。

"二位爷留步。"靳河童和侯子宣才往二楼迈上两级楼梯,立即就有人从后面追上来,一声把他们拦住了。他两人一回身,愣了,维格多利的大领班,怎么今天他敢不让咱爷们儿上楼呢?

"怎么?收市了?"收市,就是买卖黄了,不干了,倒霉了,破产了,掌柜的跳大河了,全是字号最忌讳的事。维格多利大领班把靳公子拦在楼下,你想他能说好听的吗?

"哎哟,二位公子恕罪,今天实在是太不巧了,二楼餐厅包出去了。"大领班毕恭毕敬地禀告着,随后大领班又向他两个人说道,"二位公子若是不嫌弃呢,我在三楼给二位爷开个单间,专派个博侬(英语中"男孩、伙计"的音译)好好地侍候着。"大领班知道这二位爷惹不起,便想了一个万全之计,好安抚这两位爷,别伤了财神爷的面子。

"三楼?"靳河童一听就火了,当即就冲着老领班骂了起来,"我爬不上去,爷上维格多利,从来就没上过三楼!什么人这样霸道,居然把一层楼包下来了?告诉他,靳大爷来了,让他给我挪挪地方。这二楼,我包了。"说罢,靳河童一跺脚,拉着侯子宣就往楼上走。

"哎哟,二位公子息怒,实在是太不巧了,好歹看在老主顾的面上，也求二位爷把今天让过去，谁也是没想到，一位说是什么尼古拉皇姑的人物，今天包下了一层楼，说是宴请满天津卫的记者，这楼上已经是座无虚席了。"老领班忙向靳河童解释着，唯恐这位爷天不怕地不怕地闯进去，把人家的正事给搅乱了。

"你瞧，说是这么一回事，还真有这么一档子事。"靳河童听说二楼真的被尼古拉皇姑给包出去了，他便也不再发火了。谁让人家是外国人呢？无论是有国的外国人，还是没有国的外国人，到了中国，全都比中国人腰板儿硬，就连靳河童在内，也是能不惹他们，就尽量地少惹他们。不就是上三楼吗？咱上，不就结了嘛。

靳河童和侯子宣上到三楼，老领班又给他们俩找了一处最好的位置，两个人坐来，刚才不让上二楼的义愤也就被他们俩抛到九霄云外去了。

三杯美酒下肚，一份烤鹅肝吃到嘴里，靳河童又过上了神仙般的日子，心里高兴，他就和侯子宣说起了这几天报上的新闻："这可是天上掉馅饼的好事。咱若是把这位沙俄的公主找出来，咱不就要坐上俄国驸马爷的宝座了吗？"靳河童说着，目光中跳动着一种异样的光。

"我又看了一家小报，说是那位皇姑最近到手一笔存款，是沙俄老皇帝存在瑞士银行里的，好大一笔数目，说是原来准备办海军的,后来钱就死在瑞士银行里了。"侯子宣把他昨天看到的一条新闻说给靳河童听,从话音就听出侯子宣如今对金钱是何等的渴求。

"我把这几天的报纸都留下了,子宣,奇货可居,还记得秦相吕不韦奇货可居,亲往邯郸去见子楚的典故吗?"靳河童向侯子宣问道,嘴角上挂着一丝诡诈的笑容。

"话虽是这么说,可是已经失散二十年的人了,到哪里去找呀?"侯子宣虽说不想做洋驸马,但对于能得到手一笔存款,他也是颇为动心的。

"报上不是说了吗?这位小公主就在天津,这次尼古拉皇姑到天津来,大张旗鼓地寻人,就是要把小公主找出来,人家说了,找到小公主,尼古拉皇姑带上小公主一同到瑞士去,而且无论是小公主嫁给了谁,人家皇姑就保证带上这位驸马爷一同去瑞士,即使是什么贩夫走卒、引车卖浆之流,人家也决不反悔婚约。能于危难之时救你一命,一饭之恩,那是也要终生不忘的。儒家伦理嘛,自从沙俄覆灭之后,一些沙俄的文人就研究沙俄帝国覆灭的原因,这一研究,还真研究出门道来了,他们说沙俄帝国之所以覆灭,就是因为沙俄人不知有孔孟之道,不能做到君君臣臣父父子子。所以人家老尼古拉皇姑这次就要从自己做起,嫁鸡随鸡,嫁狗随狗,人家要给俄国人做一个榜样了。"靳河童吃着烤鹅肝,喝着白兰地,又是对面坐着好朋友,他才是越说越高兴,此刻已经是口若悬河了。

"话是这样说呀,谁不想着自己能找到这位公主呢?就算自己无所贪图,可是助人骨肉团聚,不也胜过建七级浮屠吗?"侯子宣到这时还不忘行善举,实在也真是难得了。只是停了一会儿,侯子宣又颇是为难地说道:"只怕不好找吧?"

"好找!"靳河童一拍桌子,当即就胸有成竹地说道,"天津卫找一个俄国的前公主,还不容易吗?"

"你说说就是了!"侯子宣不同意靳河童的看法,他不把事情看得这样容易。"天津卫这么多的人,你如何就能把一个人找出来呀?"

"咳,这还不容易吗?"靳河童回答说,随着又吃下了一块烤鹅肝。"第一,这位公主是俄国人,不是美国人,也不是法国人,更不是日本人,就是一个地道的俄国人。天津卫有多少俄国人?两万?"

"不知道,"侯子宣说着,"反正你一进了老俄租界,就满街的全是大鼻子。你说该有多少俄国人吧?"

"俄国人再多也不要紧。这就说到第二。第二是什么,有了这第二条,事情就好办了一半。"靳河童说着,又喝了一杯酒。

"怎么就好办了一半呢？"侯子宣不解地问道。

"咳，这还用问吗？第二，这位公主是一个女的，对不对？对！对就好办了，那就是说天津卫有一半的俄国人不是女的，那你就在剩下的一半人里找吧。"

"那也还是不少呀。"侯子宣还是为难地说道。

"你这人呀，真是变傻了，你想想呀，这位安娜斯塔莎公主今年只有二十岁，这不就等于把人给你领出来了吗？二十岁，在天津的俄国姑娘……"

"全在蓝扇子公寓里了。"当即侯子宣就说了出来，也真是心有灵犀一点通了。

"对！"靳河童又是一拍桌子，几乎把全三楼的人吓了一跳，随后靳河童又是拍了一下侯子宣的肩膀，便夸奖着说，"这才又是昔日我的侯公子了，真是精明过人，才智过人呀！"

"就算这位公主沦落到了蓝扇子公寓里面，可是连她自己都不知道自己是俄国的公主，咱又如何能认得出来呢？"侯子宣还是对于寻找俄国公主没有信心。

"你没看报吗？她自己不知道自己是公主，可这位尼古拉皇姑认得她的亲外甥女儿，只要你把人找出来，送到尼古拉皇姑那里一认，认对了，这运气可就来了。你想想人生一世不就是风光一时吗？一天早晨你忽然变成了一个俄国的驸马爷,还跟着俄国皇姑带上俄国公主一起去瑞士过隐居的日子,你说说该多开心呀!就拿我靳河童说吧,我什么都有了,吃的喝的穿的戴的,金钱美女,我什么全都有了,我就是没做过驸马爷,管他什么土驸马、洋驸马呢,给皇帝老子做一回女婿,这辈子也算没白活。再说,你没见报上的消息吗?只要把这小公主找到,即使你不想做驸马,那小公主名下的存款也分你一半。发了财了,侯哥!"靳河童说得眉飞色舞,看那神态,就像是这位俄国公主就在他们家里住着似的。

"你爱找自己找去吧,我没钱。你也不想想,这要多少钱呀?头一宗,即使这位俄国公主就在蓝扇子公寓里,也让你认了出来,可你若是想把这个人从蓝扇子公寓里买出来,那蓝扇子皇后还不得狠狠地宰你一刀呀?少说也得几十万吧?"侯子宣无精打采地说道。

"只要认出来是俄国公主,五百万,我花了!"靳河童说着,又是一拍桌子,脸上泛出满不含糊的神态。但是,过了一会儿,靳河童又对侯子宣说道:"子宣,我看这件事咱们俩合伙一起干,谁让我不会说法国话呢?去蓝扇子公寓,把人认出来,我去和尼古拉皇姑做交易,里里外外,凡是说法国话的地方,你得陪着我,只要把这个俄国小公主找到,无论得多少好处,咱们俩是二一添作五,怎么样?"

"我不干,"侯子宣回答说,"我已经倒了霉了,我也就不再盼着东山再起了。再说,我女人也不让我干,我这辈子算到此结束了,河童,你另找别人吧。"

"咳,这又不用你出什么力气,钱是我的,找不到,不用你出一分钱,找到了有你一半的好处,这么好的事,你可是日后别后悔。你女人又怎么样?事成之后,把成千上万大洋钱往家里一放,就不信她不佩服你。到那时,咱再想法儿把你身上的病治好了,你侯公子不又是堂堂一条好汉了吗?"

"我身上的这点儿病能治好吗?"侯子宣极是关切地问道。

"听说能治,别光信什么鹿茸血呀、牛鞭呀什么的,还是要用西药,听说了吗?只要有了钱,我陪你一起到日本去治这种症候,一次准好。"靳河童满口答应给侯子宣治病,立即侯子宣心动了。

想了一会儿,侯子宣这才对靳河童说道:"这样吧,你在前面花钱办事,我也别光替你说法国话,我也在后边替你出点儿主意。要知道,从蓝扇子公寓里认出人来,也不是件容易的事,一个人看不准,两个人可以一起商量,只要这个人真在蓝扇子公寓,河童老弟,不是我开这份保票,凭我的这份眼力,我还准能认个八九不离十。"

"一言为定,咱就这么办了!"

靳河童和侯子宣两个人的手在握在一起,这件事就算要办了,而且指天发誓,同舟共济,福祸与共,从今之后,他们俩是一条线上的蚂蚱,跳不了我,也蹦不了你了。

5

靳河童带着侯子宣去皇宫饭店求见尼古拉皇姑，那才是费了大劲儿，为什么？人家尼古拉皇姑虽说是不行了吧，可人家到底也是皇族呀，不三不四的，人家能见吗？所以，这就要看你的本事了。什么本事？本事就是钱，有多少钱就有多少本事，靳河童的钱比侯子宣多，所以靳河童就比侯子宣的本事大，侯子宣就不敢一个人去见尼古拉皇姑，靳河童就敢带侯子宣去；而且说去就去，也没花太多的钱，就只是一万元罢了。

而且就是花了这一万元的晋见礼，人家尼古拉皇姑还带回话说，见面之后，只说法国话，不会说法国话的，至死不见。咳，这好办，你别忘了，不是有侯子宣了吗？靳河童原是基督教学校的毕业学生，只会说英语，侯子宣可是法国天主教学校的学生呀，说法国话，就和吃崩豆似的，难不住人家孩子。全都说旧社会的学生学非所用，你看侯子宣不就用上了吗？

这位尼古拉皇姑,可真是谱儿太大了,她愣让靳河童和侯子宣在客厅里等了一个钟头,也许是要看看你有没有诚意,没有诚意的,一犯大少爷脾气,甩袖子走了,那你也就别梦想做驸马爷了。靳河童在维格多利餐厅里脾气大,到了皇宫饭店,他是一点儿脾气也没有了,乖乖地就坐在客厅里等着,等了一个钟头。侯子宣呢?穷到了这等份儿上,他还能有脾气吗?等了好长一段时间,终于房里的使女出来了,使女说皇姑正在用茶,还要再等,靳河童还嘱咐使女说,请皇姑慢慢品茶,不要着急,我靳河童不是什么重要的人物,皇姑的午茶要喝好。又过了好大一阵时间,使女又传出话来,说请客人整理一下衣着,皇姑就要出来见你了。立即,靳河童和侯子宣冲着大镜子照了半天,照来照去,确实觉得自己是个人模样了,这才正襟危坐,只等尼古拉皇姑的召见。

倒是也没有吹喇叭,也没人在后面给皇姑拉纱裙,尼古拉皇姑就只由一个使女陪着,慢悠悠地从里面走了出来。靳河童和侯子宣忙站起身来迎接,垂手恭敬地向尼古拉皇姑鞠躬致礼,谁料这位尼古拉皇姑连眼皮也不撩一下,看也不看靳河童和侯子宣一眼,一转身,人家尼古拉皇姑又走进里面去了。

这可真叫靳河童和侯子宣起疑了,这是什么礼法呢?非正式召见?或者是一种什么预演?就算你们俄国皇室实行法国礼节,法国礼节里也没有这一条呀!大客厅里,靳河童和侯子宣两个人正在发呆,不多一会儿的工夫,那位使女又出来了,她冲着靳河童行了一个屈膝礼,然后便对靳河童说:"皇姑说二位阁下只穿了一身便服,实在也是太不成体统了。"说罢,这位使女也转回身去,就往里面走。

"我,我们怎么就穿便服了?"靳河童抻着自己的西装,追上这位使女,大声地问道。但是,不等这位使女回答,靳河童自己明白过来了,立即,他一拍巴掌,不由得就喊了一声。"哎呀!我怎么连这么一点儿规矩也不懂呢?少见识,真是太少见识了。"说罢,靳河童拉着侯子宣就跑了出来。

从皇宫饭店跑出来,靳河童和侯子宣立即就去了英租界的洋服店:"给我们两个人一人做一套大燕尾服。"明白吗?为什么人家尼古拉皇姑不见咱们两人?就因为咱们俩只穿着西服,你自以为穿西服足够派儿的了,可是在人家皇族看来,只有上街买菜的时候才穿西服呢,晋见皇族,那是必须穿燕尾服的。哎呀,咱可真是长了见识了,这许多年光在天津租界地混,自以为满够洋的了,其实呢?咱们两人全是地地道道的洋老憨,今天这才算头一回知道什么叫作西洋官礼,大场合要穿燕尾服,玩的是个身价。

十天之后,靳河童和侯子宣每人穿了一套黑色燕尾服,坐着靳河童从天津一位要人家里借来的一部小汽车,嘀嘀,就开到了皇宫饭店。为什么靳河童自己没有小汽车?那年代中国落后,全天津卫总共才有不到二十辆小汽车,而其中的十八辆还是租界地公使大人的私车,中国人,就连退位的中华民国大总统在内,都没有自己的小汽车。若不,怎么就全盼着时代进步呢,时代一进步,连地方官都坐上小汽车了,更何况像靳家这样退职的五省联军总司令。

这次,尼古拉皇姑从屋走出来之后,见过靳河童和侯子宣,就坐下了。靳河童长舒了一口气,老天爷,我的姑奶奶,你到底是见我了。

"晚生靳河童,晚生侯子宣,"侯子宣用法国话向老皇姑做自我介绍,老皇姑也不知是听清了没有,反正是脸上毫无表情,连头也不点一下,只这样,也就算是认识了。随后,侯子宣又把预先准备好了的一套见面话,对老皇姑说了起来,当然是先问候老皇姑安好,然后把话拉到俄国,最后说道:"得知皇族一家流离失所,天各一方,且多年不得团聚,我等不才虽为华人,心中也实为悲切。想一想当初皇族一家在宫中的荣华富贵,又如何不让人为之心碎呢?这真是'故国不堪回首月明中'呀!"说罢,侯子宣还叹息了一声,似是对于他人的遭遇,还颇有感触。

"就是,就是。"靳河童在一旁连连地点头表示同意,尽管他一句法国话也没有听懂。

老皇姑呢？也不知是听明白了没有，她只是从扇子下边拿出一条手帕，在眼角上拭了一下，算是流了两滴泪，如此就要听侯子宣代表靳河童说正经事了。

东拉西扯，侯子宣又说了一大堆乱七八糟的闲话，东绕西绕，自然就把话题往正事上扯："我兄靳河童是天津的一位名士，他听说此次皇姑来到天津，要寻访失散的公主，心中极是同情，如此他才约我一同来求见皇姑大人，愿为老皇姑寻小公主尽犬马之劳。不才和靳河童也算是久居天津了，倘能助皇姑一臂之力，实在也是一大幸事。不知皇姑肯不肯信任我辈晚生，我二人实在是只想助贵国皇族一家人团聚，此外是一无所求的。"

对于中国年轻人的一片好心，老皇姑当然是极为感动，她又是从扇子下面取出来一条手帕，还是在那个老地方拭了一下，又算是掉了两滴骨肉泪；随之，她又从使女手里接过来茶盅，轻轻地抿了一口，然后，这才向靳河童问了一句话："你们两个全是中国人？"

哎呀，若不怎么就被推翻了呢，连坐在她对面的这两个黑眼珠黑头发的黄脸青年，她都认不出是哪国人，你说说老百姓若是不推翻她，还留着她有什么用？

"不才是一个中国人，我的朋友靳河童是一名华人。"侯子宣说着，也不知是怎么一回事，那年月，就是有人不愿意说自己是中国人，他们在实在不说自己是中国人不行的时候，就宁肯说自己是华人，也觉着比说自己是中国人要好得多。所以，这才给后人留下了一个回旋余地，有高等华人，没有高等中国人，华人比中国人高那么半个脑袋瓜儿。如今靳河童比侯子宣有钱，靳河童就是华人，而侯子宣就是中国人。

"你们相信上帝吗？"老皇姑突然向侯子宣问道。

"她问什么？"在一旁的靳河童向侯子宣问道。

"她问咱两人信不信上帝。"侯子宣用中国话回答靳河童。

"你说呢？"这一问，真把靳河童给问住了，你说该如何回答吧？信？倘若老皇姑给你出两道圣经里的题，要你回答，那岂不是就要交白卷了吗？说不信，不信上帝的人为什么还想帮助人？走你的吧，说崩了，完了，一场好梦也就泡汤了。也是急中生智，靳河童忽然想起侯子宣原在天主教会办的中学里读过书，当即，他就对侯子宣说："告诉她，咱信天主教。"

"我们是天主教徒。"侯子宣用法国话向老皇姑回答。

"啊，圣母玛利亚！"这次老皇姑可真是流泪了，她喊了一声圣母之后，便抽抽噎噎地哭了出来。一面哭着，还一面在胸前画十字，忙得靳河童也跟着一起在胸前画十字，当然没有老皇姑画的规矩,歪了点儿,反正是意思到了。

"快把我和公主的照片拿来给我看看。"忍住泪水,老皇姑吩咐使女去里面取来了她们原来的相册,好大的一本,足有半尺厚。

看见老皇姑拿出一本相册,靳河童的眼睛立时都亮了,有门儿!这就要看见小公主小时候的照片了,有了这张照片,咱就能把人找出来,胜券在握,天津卫土话:拿分!

只是,老皇姑紧紧地把相册抱在怀里,只由她一个人翻开看,也不给靳河童和侯子宣看,就只是她一个人看,看一张相片掉两滴眼泪,看着看着,她把相册一合,又交给她的使女抱回里面去了。

…………

"那里面准有小公主的相片!"出来之后,靳河童向侯子宣说道。

"一定要想办法把这个相册借出来。"侯子宣给靳河童出主意说。

"可是,老王八蛋不松手呀,就像抱着她心肝宝贝儿似的,根本就不让咱看。"靳河童生气地说道。

"哎呀!"侯子宣一拍巴掌,当即就对靳河童说道,"你真是白吃了这许多年的饭了,连这么点儿扣儿都不知道怎么解。钱!知道吗?拿钱呀!"

"我给她钱,向她把那本相册要过来?"靳河童向侯子宣问道。

"咳!能那样简单吗?你得想一条计策呀!"侯子宣说道。

"什么计策?"靳河童还是不明白,便眨着一双眼睛向侯子宣问。

"咳,如此如此,这般这般……"侯子宣附在靳河童的耳边,得意地向靳河童一说,当即,靳河童就笑了,妙!妙!太妙了!就是这个主意,咱又算是拿了!

…………

照着侯子宣出的主意,靳河童和侯子宣过了两天又去了皇宫饭店,又见到了老皇姑,这一次老皇姑和靳河童、侯子宣他们两个亲近多了,也不端她的皇亲架子了,说话也随便了。说着说着,侯子宣就拿话勾引老皇姑给他拿那本大相册,大相册拿出来,老皇姑还是抱在她的怀里,恰这时,靳河童拿出一块钻石戒指来在手里摆弄。这时,侯子宣忙向老皇姑介绍:"我的这位朋友得到了一块钻石,据说这件宝物原来是贵国皇宫里的物什,由俄租界变卖出来的,才到了我的这位朋友的手里,只是不知老皇姑在宫里可曾见过这件宝物?"

老皇姑一听说原来她们家里的东西居然流入了天津,马上就伸过手来要接过去看个究竟,这一伸手,靳河童就趁势把老皇姑手里的大相册换过来了。老皇姑那里只顾着看她家原来的宝物,靳河童就一做手脚,把一张老皇姑在宫里照的全家福相片给偷出来了。

当然,老皇姑见到家里原来的宝物,便动心掉了眼泪,看了一会儿,老皇姑确认这件钻石戒指就是俄皇平日戴在手上的那只。"我的哥哥呀!"见物伤情,老皇姑想起了她的哥哥,自然就又哭了起来。

"先帝大人已经是不在人世了,这件钻石戒指就留在皇姑这里做个念物吧,几时见到这枚戒指,就如同又见到了自己的亲人,也是一点儿安慰。"侯子宣忙劝慰着老皇姑,唯恐老皇姑不肯收下这枚钻石戒指。

当然是推让了好长时间,后来老皇姑一定要给钱,靳河童说什么也不肯接这份钱,两个人几乎伤了感情。最后,侯子宣代表靳河童说,要是老皇姑不收下这枚戒指,他们俩就再不来看望老皇姑了。如此,老皇姑怕失去这样好的一对中国朋友,这才把这枚戒指收了下来。

....

"拿分!"从皇宫饭店出来之后,靳河童高兴得脸都红了,他举着从老皇姑大相册里偷出来的那张俄皇全家福相片对侯子宣说,"有了这张照片,这位俄国小公主就算找到了,没你的事了,你就回家去等着分钱吧。不过,也许还要请你出山，蓝扇子公寓认小公主，你还要助我一臂之力。"

"没说的，有事你就尽管招呼。"侯子宣只盼着事成之后，靳河童能带他到日本去治那种倒霉的病症，所以就满心高兴地自愿为靳河童出力。

还就算是一帆风顺，半个月之后，靳河童兴高采烈地找侯子宣来了："侯哥，有门儿，这个小公主找着了！"

"在哪儿找到的？"侯子宣问着。

"还能是别处吗？"靳河童向侯子宣反问道，"蓝扇子公寓呗，大老俄如今倒了霉了，那点儿值钱的国货，全都便宜中国人了，男人又全都是废物、懒蛋，就只有女人卖身这一条路了。小公主，地地道道的正牌货，叫什么名字来着？安娜斯塔莎，如今在蓝扇子公寓里叫娜莎，我一眼就看出来了，没错儿。"

说罢，不等侯子宣仔细询问，靳河童就拉着侯子宣上蓝扇子公寓去了。到了蓝扇子公寓，侯子宣不愿意进门，他在这儿倒的霉，跌跤的地方，看一眼都伤心；又闻到了那醉人的香味，想想自己又没了那份能耐，真比让他下地狱还要难受。就这样，侯子宣立在蓝扇子公寓门外好半天，就不肯往里走。

"咳，侯哥，一朝被蛇咬，十年怕井绳，哪儿摔倒的，咱还要在哪里爬起来，不就是一个蓝扇子公寓吗？小兄弟我把俄国公主找出来，老皇姑那里论功行赏，百八十万的拿到了手，我立即就陪老哥哥你去日本治病，回来之后，又是一条好汉，这蓝扇子公寓还得好好地侍候咱爷们儿，是不是呀？我的侯哥！"

经靳河童这么一说，侯子宣全身又来了劲头，大步一迈，他就随着靳河童走进了蓝扇子公寓。

蓝扇子公寓，自然还是昔日的风采，安静舒适，典雅豪华，从里至外透着一种阔气，简直就和皇宫没有两样，比皇宫还要气派。一进门，就让你觉着自己是个皇帝，若不，你怎么就愿意把钱往这儿送呢？

用不着和什么人打招呼，靳河童就走进了他包下的房间。不是说过的吗？在蓝扇子公寓销魂，不能玩一天交一天的钱，要一次把洋钱交够了，然后你就只管住着，几时把钱花光了，老蓝扇子皇后再向你要钱。只要她不往外撵你，在蓝扇子公寓里，你就是上帝，明白吗？顾客是上帝嘛！

随靳河童走进房来，还没容侯子宣坐下，立即便有使女送上来了咖啡，今天靳河童要的是南美咖啡，用西班牙的办法煮，拿俄国的咖啡壶盛，玩的是个派儿。不这样，他参费了那么大的力气挣来的钱，又该如何花出去呢？使女放下咖啡壶之后，就飘飘地走了，不多时便有一个老头走进门来，立在大门旁边，给两位公子拉起了提琴，拉了一曲，也不知道是拉得好不好,反正他是拉完了,这才鞠躬退出,接着又进来了两个女子,给二位中国嫖客唱了一段洋歌。

"你说的那位小公主呢?"侯子宣有点儿不耐烦了,便急着向靳河童问道。

"急什么?"靳河童说着,"那是能随便出来的吗?若不,我也看不出这个妞儿是小公主,人家孩子真是架子大,平时就是不见客,只有在心情好的日子,才出来和客人说上那么两句话,我还没听懂。"

"法国话?"

"她怎么会说法国话呢?她从俄国出来的时候,还只有三岁呀?"侯子宣疑惑地自言自语。

"若不怎么就说是公主呢?"靳河童说着,"从老娘肚子里就会说法国话,等会儿你一看就知道了,那份人品,没的比了,细高个儿,水蛇腰,白肉皮儿,蓝眼珠儿,黄头发,活赛是黄金细线,怎么看怎么就是皇家小姐。还会弹钢琴,会跳脚尖舞,就那么用脚尖儿立着在地上打转儿,一连转三十多圈儿,愣摔不倒,你说说是多大的能耐吧。"

"那你也不能就说她是俄国公主呀!"侯子宣说道。

"所以这才请你了呀!"靳河童说着,目光中闪动着一种超常的精明。"那天,我把从老皇姑那里偷出来的那张照片拿给这个小妞儿看,你猜怎么着?一看到这张照片,人家孩子就哭了。你说这里面是不是有点儿什么缘故？所以呀，我才把你找来，等一会儿她来了，你跟她说法国话，听听她是怎么一回事。"

"得了，老弟，你饶了我吧，这么大的事，就听我一个人的评判，万一认错了，你还说是我的责任呢，我担当不起。"说着，侯子宣就起身要离开。

"有你什么责任呀！"靳河童一把将侯子宣按在了大沙发上，然后又对他说道，"你就和她说法国话，是怎么一回事，我在一旁听着，她是不是俄国公主，咱不是还得把她领给老皇姑去认了吗？老皇姑认下了，咱再找蓝扇子皇后提赎人的事，一笔钱，买卖就成了，你放心，万无一失的。"

有了靳河童的这句话，侯子宣才又坐了下来，只陪着靳河童看销魂的把戏。

一直到了晚上九点，小公主才从楼上走下来，到了靳河童的房里，和靳河童说闲话。靳河童不懂法国话，不过呢，今天他找来了一个会说法国话的朋友，这一下，小公主有了可以陪着说话的人了。

当然，还是蓝扇子公寓里的老规矩，见了人不问姓名，也用不着彼此称呼，开门见山，有话就说。

"贵国的大音乐家柴可夫斯基曾有一句名言，他说：'我不能抱怨说我没有创造能力，但我苦于缺少安排曲式的熟练技能。'可是据我所知,柴可夫斯基的《第一钢琴协奏曲》,完全就是安排曲式的最高典范。他如何说自己没有安排曲式的技能呢?"侯子宣从音乐说起,想探探这个小妞儿是不是冒牌货。

"你向她问的什么?"在一旁的靳河童忙着向侯子宣问道。

"没你的事,还不到你掺和的时候呢。"侯子宣回答说,抬手冲着靳河童挥了一下。

"哦!"一下子,这个小洋妞儿鼻子一抽,眼泪就流下来了。

"她哭什么?"靳河童在一旁又是急着问。

"这你还不懂吗?我和她谈音乐,她动了心,在这地方谁和她谈音乐呀?这就是找到知心人了。"侯子宣用中国话和靳河童说道。

"你不能和她做知心人。"靳河童提醒侯子宣说。

"咳,谁和谁是知心人呀,咱不就是想把人认出来,去老皇姑那里换钱使吗?"侯子宣没好气地对靳河童说道。

就是在靳河童和侯子宣说着话的时候,这位小洋妞儿拭去眼泪,便和侯子宣说起了柴可夫斯基,也说起了音乐,而且头头是道,说的全是内行话,一听至少是副教授级的水平。谈了一通柴可夫斯基,这位名叫娜莎的小洋妞儿一时高兴,立起身来就走到了钢琴前,掀开琴盖,伸出一双白玉一般的小手,十指轻舞,人家孩子就弹起了一段乐曲,弹了一会儿,又是一时兴之所至,人家孩子又随着琴声唱了起来。这一唱,把侯子宣和靳河童给唱傻了,哎哟,天底下还真有如此动听的歌喉,真是要气死如今正走红的小歌女们了,倘人家娜莎小姐下海出山,这天津卫哪里还有那等小歌女们的饭吃?听着听着,侯子宣暗中向靳河童使了一个眼色,似是暗示她有门儿,就凭人家孩子对音乐的这点儿学问,不是皇家血统,不可能受过这么好的教育。

一支歌曲唱完,娜莎小姐又突然指着墙上的一幅画,向侯子宣问道:"这该是列宾早期的作品吧?"

侯子宣不懂西洋美术,看不懂什么叫列宾,就只是含含糊糊地回答:"够早的,少说也是前清时候画的了。"说过之后,侯子宣又向靳河童看了一眼,表示这回就更有门儿了。音乐、美术,又说起了舞蹈,又说到了莎士比亚,不等侯子宣开口,人家娜莎小姐就背诵起了一段《哈姆雷特》,才背了几句,眼泪就涌了出来,直看得一旁的靳河童紧着向侯子宣追问:"她哭什么?"

"行!"从蓝扇子公寓出来,侯子宣又和靳河童全面地研究了一遍刚才和娜莎小姐的一番谈话,两个人越研究就越认定,这个娜莎小姐必是俄国小公主无疑了。既然如此,那就把她带出来去见尼古拉皇姑吧,待到皇姑再认出来,那就去蓝扇子公寓赎人。只是,从蓝扇子公寓里往外赎人要多少钱?好像以前也有人要从蓝扇子公寓里赎人,那是一个美国倒霉蛋,也不怎么就爱上了一个俄国小妞儿,非得把她赎出来,带回美国去不可,于是满天津卫就传开了,沸沸扬扬,到最后,据说是蓝扇子皇后开的价码太高,要一座金山,生意没有谈成,崩了,最后也就拉倒了。

这次,谁知道蓝扇子皇后开什么价呢?保准低不了。你想呀,尼古拉老皇姑来天津寻访小公主的事,她不可能不知道,她知道了还不出声,在一旁装傻,那就是要待价而沽,她要出手个大价钱。没关系,靳河童就是有钱,百八十万的拿得起,就是倾家荡产,靳河童这次也认了,过了这个村,没有这个店了,当一回洋驸马爷,也算是老祖宗积下的荫德。

两个人看准这个娜莎小姐有可能就是安娜斯塔莎公主,立时,靳河童回家就取来了钱,要从蓝扇子公寓里把娜莎小姐借出来。从蓝扇子公寓往外借人,为什么还要用钱?当然要用钱,还要用大钱,三万两万的,你休想把蓝扇子公寓里的人借出来,你若是把人拐跑了呢?要知道,蓝扇子公寓里好歹是个使女,到了外边,也能卖个三百万二百万的,人家不是俗人,全有皇族血统。若不是家里出了事,这等货色的人,你是连见都休想见一面的,这就是便宜你们罢了。

·177·

事不宜迟,靳河童和侯子宣第二天就来到蓝扇子公寓,交下三百万元的现钱,说是借娜莎小姐陪着出去照一张像,下午就送回来,这样蓝扇子皇后才把人放了出来。也是借了一部汽车,三个人一起来到了皇宫饭店,走进尼古拉老皇姑的房里,尼古拉老皇姑早就在房里等着呢,骨肉相见,老皇姑心里着急呀!这次她再也不摆架子了。

至于娜莎小姐呢,她还蒙在鼓里了呢。懵懵懂懂地就跟着这两个人走进了皇宫饭店,进到屋里一看,大沙发上坐着一个老女人,娜莎本能地就向这个老女人致了一个屈膝礼,谁料,这一屈膝,老皇姑的眼泪禁不住哗哗地就流了出来。"孩子,你过来,挽起你的袖子。"说着老皇姑就把娜莎拉了过去,不等娜莎自己挽起长袖,尼古拉老皇姑下手就替娜莎把衣袖抻了起来,这一抻,老皇姑就把小公主认下来了。"我的孩子,我终于找到你了。"

"老皇姑,不是你找到的,是我们给你找到的。"侯子宣和靳河童忙向老皇姑表功,唯恐这种人过河拆桥,见了亲人,就把别人的功劳全忘了,还只说是她自己的造化大。

老皇姑倒不急于评说是谁人的功劳,只是握着娜莎的胳膊向靳河童和侯子宣说道:"那时候是顾不上她了,可是我总想给日后找她留下一点儿什么痕迹,一狠心,我就在她的胳膊上咬了一口,就这样,留下了两个牙印儿,你们瞧。"

果然,就在娜莎小姐的胳膊上,有一对深深的细牙印,而且保证是当年尼古拉皇姑的牙印儿,何以见得,细,不是皇族血统,嘴里长不出这么细的牙来,就和一对小狗牙似的,看着就透着灵秀劲儿。

认出了亲外甥女儿,老皇姑自然是万分的激动,拉着亲外甥女儿的手,两个人就说起了知心话,当然全说的是法国话,后来靳河童就问侯子宣,她们两个人都说的是些什么?侯子宣说他亲耳听见的,老皇姑对小公主说,你父亲是没有了,被处决了,如今咱们一家人大都去了法国,就咱们两个人到了中国,现如今法国来人了,要接咱们两人去法国,那边从瑞士银行得到了一笔存款,足够咱们一家人花那么几十年的,孩子,赶快和老姑妈坐轮船走吧。

"不行,不行!"若不是侯子宣拦着,老皇姑当时就把人带走了,"不瞒老皇姑,这人还不是您老的人呢,我们还要把她带去办点儿手续。"

"什么?"老皇姑一听就火了,她一下子就犯了皇姑脾气。"我们家的人,和谁去办手续?告诉他们,这是俄国皇室的直系继承人,谁敢阻拦,谁就触犯国际法,就要引起国际纠纷,我们现在还受法国的保护呢。"

"哎呀,我的老皇姑呀,这里面的事,您老是不明白的,事情没有这么容易,总要办点儿什么手续的,三天之内。我们给您把人送来还不成吗？"说着,侯子宣就拉紧了娜莎,唯恐她真被老皇姑拉走,到那时,自己可该如何交账呀。

靳河童呢？当然也忙着拉小娜莎,拉住小娜莎之后就往门外走,还是侯子宣多长了一个心眼儿,他立即就对老皇姑说："既然您认出了这位小姐就是小公主,而我们两个人又要去替您办理一点儿手续,这当中,是不是……"侯子宣怕日后再把小公主领来的时候,老皇姑不认账,便想出了一个主意,让老皇姑出点儿血。

好办,老皇姑立即就让她的那位使女从里面取出来一个大绸袋,老皇姑接过这个大绸袋,手提着绸袋的底儿,往下一倒,哗啦啦,立即就把无数的珠宝倒在了桌子上。"你们随便拿点儿吧,给孩子办手续,不是也要用钱的吗？"

看见这么多的珠宝,靳河童和侯子宣全都傻了,真是瘦死的骆驼比马大呀,全说俄国皇族不行了,可是你瞧,只是老箱子底儿,就是金山银山,全都是宝石呀,好歹是一颗小宝石,也足够靳河童和侯子宣玩一阵子的了。

"我们有钱,我们有钱。"靳河童看见老皇姑真有东西,当然也就不着急了,只是老皇姑一定要他两个人拿,他两人这才不得不随手拿了一颗绿宝石,算是一点儿保证吧。

又是侯子宣多长了一个心眼儿,就在他两人带着小娜莎回蓝扇子公寓的路上,路过一家珠宝店,侯子宣还让靳河童拿着那颗宝石到里面去问了一下，不多时，靳河童回来说，里面的一位老头儿仔仔细细地看了，说了一句"没错儿"，赶紧办正事吧，当心蓝扇子皇后涨价钱。

下边的事，就不用侯子宣参与了，他在家里只等着好消息，一是等靳河童带上钱来找他，二是两个人一起合计去日本给他治病的事，越想心里越美，侯子宣感觉到自己东山再起的日子已经是指日可待了。

谁料，就在侯子宣在家里做美梦的时候，突然一天，大门外一声喊叫："姓侯的，你出来！"听这声音，明明是一位恶汉找上门来闹事。侯子宣在房里暗自心想，这一阵自己没有惹是生非呀，何以就得罪下了什么人呢？

无论有事没事吧，总要出去看看的，侯子宣从屋里出来，到大门外一看，原来是自己昔日的狗食朋友，杨一富。

"你找我干吗？"对于杨一富，侯子宣心里还不忘旧日的仇怨，胡同口赌硬币，他赢了侯家最后的一所房产，活活把侯三太爷送去上了西天，明明你欠下了侯子宣的债，侯子宣不去找你闹事，就已经是息事宁人了，如何今天你还要找到侯子宣门上来闹事？真是太欺侮人了。

"你女人呢？"杨一富来势汹汹，大有白刀子进去，红刀子出来的架势，而且张口就要找陈云官，也实在是眼里没人了。

·181·

"姓杨的,你少在我家门前胡闹,我不欠你,也就不怕你,你找我女人干吗?我家陈云官还要找你报仇呢?"

"好一个姓侯的,你们夫妻两个设下陷阱,骗我败家,我好不容易又赢了几个钱,又有了家业,又有了财产,一下子,你两个人就把我的钱全骗光了,我跟你们夫妻两个没完!"看杨一富大喊大叫的神态,他倒确实不像是无理取闹的样子,明明是怒发冲冠,他气得脸都紫了,全身一个劲儿地哆嗦,十足一副要杀人的样子,看来他真是发怒了。

"姓杨的,你别血口喷人,这几年我和你没有一点儿来往,你从何说起是我害了你?"侯子宣心中一团困惑,立在门口向杨一富问道。

"你还跟我装傻,我问你,那个尼古拉老皇姑是从哪儿来的?人家都对我说了,那个老皇姑就是你女人在教会学校念书时的妈姆,如今扮成了老皇姑,是你女人拿钱养着她住在皇宫饭店里,又找小报发布消息,说是找什么俄国的小公主。本来我也是不信,天底下何以会有这样的蹊跷事?可是到了皇宫饭店一看,还真是这么一回事。我从老皇姑那里偷出了一张他们的全家福照片,按着那照片上的模样从蓝扇子公寓里认出了一个小妞儿,又领到皇宫饭店和老皇姑见了面。老皇姑一见到这个小妞是又哭又啃,当场就要把人领走。是我强把人带回来的,我也是不放心。老皇姑还给了我一颗宝石做抵押,拿出来到珠宝店去问,那老头儿还说没错儿。就这么着,我是花了二十万把那个小姐儿赎出来的呀!可是今天再把人送到皇宫饭店一看,什么老皇姑呀,跑了,连个影儿都找不到了。你知道,我是早就变成穷光蛋的人了,好不容易才又有了几个钱,你们两口子就出鬼主意设陷阱,又把我变成了一个穷光蛋,姓侯的,你好狠毒呀!"

杨一富的一番陈述,把侯子宣也给说傻了。"没我的事呀,不瞒你说,我这还正帮着靳河童在蓝扇子公寓里认人呢,也是让老皇姑认下了。你说什么?这个老皇姑原就是我女人在教会学校读书时的妈姆?"侯子宣眨着眼,他又变傻了。

"全是你女人出的毒计,她让一个老得变了模样的老女人装成什么老皇姑,住在皇宫饭店里勾引不安分的狗食小子上当,怎么我就咬这个钩呢,这回完了,我杨一富成了地地道道的杨一穷了,没救了。姓侯的,你害得我好苦呀!"

"你手里不是还有一颗宝石吗?"侯子宣看着杨一富的倒霉德性心生可怜,便提醒他还可以去把那颗宝石卖掉。谁料,就在这时,胡同口外,风风火火地又跑来了一个人,侯子宣一看,险些没笑出声来,不是外人,靳河童。

"子宣,咱让人给骗了,我想好歹我手里还有一颗宝石呀,可是拿到珠宝店去一卖,还是那个老头儿,他说这颗宝石是假的。"

"昨天他可是亲口对你说是真的。"侯子宣还和靳河童争辩。

"是呀,人家老头儿说了,昨天我也没说是真的,人家只是说没错儿,真的也是没错儿,假的不也是没错儿吗?现如今就什么话也别说了,谁让咱自己咬这个直钩呢?钱的事就放在一边去吧,只说手里的这个人该如何办吧,赎出来了,送又送不回去,又不能往家里带,我看,子宣,这个人就先放在你家里吧。"

突然一转身,当的一声,侯子宣把大门关上了,任凭靳河童和杨一富如何用力地拍门,侯子宣也是再不肯开门了。

就这样,天津卫那一年出了三个孽障,这三个孽障又合着演了一出戏,又全让一个租界地的"扯丫头"给玩了。你就说说,是谁的能耐大吧?!

只是事过之后,侯子宣也是琢磨,既然那个老皇姑原来就是自己女人在学校读书时的老妈姆,何以自己就没有认出来呢?也难怪,这位老妈姆自己只在结婚的那天见过一面,再说,那天自己只顾看媳妇了,谁还顾得上看别人呀?算了,老掉牙的事了,总想它有什么用?只盼着下一辈别出孽障吧!

老汤

1

好心的朋友劝告我说,得了吧,林爷,人家都前卫了,你还写你那老掉了牙的笑话,没市场了。再说,你也撩起眼皮儿瞧瞧,立起耳朵听听,当今中国文坛早就不是你们那茬人"兴风作浪"的时代了,差不离儿的,你也收市吧,不是够吃喝了吗?别挣了!这叫见好说收,真写臭了,光吃退稿,再自费出书,连儿子挣的钱都搭进去了,那就是做赔本生意了。何必呢,金盆洗手,凑四把手,打麻将吧。

话呢,是这样说,也是这么个理儿,这年月一阵风又一阵风,中国文坛不知道刮起了多少次沙尘暴,让人睁不开眼,今天痞子,明天美女,后来又是未成年人写作,前两天还看见报上说,连手机都文学了,像老朽这样一根老牛筋,光写那种过了时的老笑话,还有人买账吗?

外行看热闹,内行看门道,其实前卫未必就"前",新潮也未必就"新",就说现在全世界各色人等都吃的麦当劳,中国孩子看着新,可了不得了,人家外国都麦当劳了,你还煎饼果子呢。其实麦当劳有什么了不起,你吃过我们老天津卫的大饼卷酱肉吗？不是现在你吃的这种木头渣子味儿的酱肉,是我们老天津卫陈记老酱肉,那就是老老年间的中国麦当劳,味儿正着呢！

陈家老爷子是谁？天津酱肉界头把。满天津卫,提起陈记酱肉,没有不知道的。天津卫卖酱肉的成千上万,唯有陈记酱肉天下称雄。老老年间,下午三点陈记酱肉出锅,半个天津城,鸦雀无声,天津卫的老少爷们儿不吵不闹,各个伸长了脖子,大口大口地吸气。干什么？嗅陈记酱肉出锅飘出来的香味儿。

陈家老爷子的酱肉和别人们的酱肉味道不一样。老老年间,店铺里掌柜想吃酱肉,派徒弟上街去买,徒弟偷懒,好歹找个近地方买回来,掌柜一吃,啪,一个大耳光扇过来。"这酱肉木头渣子味儿,买半斤陈记酱肉来！"你瞧,没有陈记酱肉,天津人就活不下去。

老天津卫陈记酱肉和别人制的酱肉有什么不同？说不出名堂来,反正就是味道不一样,陈记酱肉就是陈记酱肉的味道,别人卖的酱肉,卤不出这种味道。说句糙话,您老可别怪我有伤风化,天津人嘴刁,味觉神经最是发达,稍微差一点儿味道,用不着尝,用鼻子一嗅,就嗅出来了。

虽然户口册上陈爷也有大号,但街面上老少爷们儿从来没有人想过这位陈爷叫什么名字,陈爷就是陈爷,走在路上打头碰脸,抱拳喊一声"陈爷",礼到了,陈爷感激你拿他当"爷"看,看见陈爷挎着他的大提盒走过来,提足一口丹田气,吆喝一声:"酱肉刚出锅的好呀——"你再招呼一声"陈爷",陈爷过来,一手提起大提盒盖,酱肘子、酱杂样、酱驴肉、酱猫儿肉,猫儿肉也就是野兔肉,还有五香肥卤鸡、一锅卤出来的鸡蛋,由着你的口味挑,就是闭着眼睛拿,随便你从陈爷的大提盒里捡出一块肉渣儿来,放到嘴里,都是天下美味。

第二天,不等陈爷上街,早早地你就在街口上等陈爷了,远远地看见陈爷提着大提盒走了过来,不等陈爷吆喝,一步抢过去,自己打开大提盒盖,拾块酱肉,拾块鸡杂,外加一只卤鸡蛋。"陈爷,今天我就这些了。"陈爷看着你挑到手的东西说:"五角钱。"当即,从大提盒取出一片荷叶,将酱肉给你包好,外送两只田鸡腿。

陈爷酱肉,满天津卫有名。书上有过记载,那一年陈爷回了一趟老家,老家过兵,把陈爷老爹的房檩拆下来烧了。陈爷赶紧回家去修房,停业三天。天津人三天没吃着陈爷酱肉,怎么着?白牌电车停开了,为什么?半城的天津人饿病了。

这就怪了,陈爷回家修房,天津人怎么就挨饿了?不是陈爷把满天津卫的粮食都带走了,是天津人离了陈爷酱肉不吃饭,无论什么馒头大饼,没有陈爷酱肉,就是砖头树皮的味道,没有陈记酱肉,天津人活得就没有精气神儿。

酱肉怎样才算得是好?肥肉,肥而不腻,精肉,酥而不柴,说的只是火候。陈记酱肉讲的是味道,陈记酱肉一出锅,半个天津城香味儿扑鼻,这香味儿哪里来的?汤,陈记酱肉有一锅老汤。

汤有什么好讲究的,煮肉能没有汤吗?下够了作料,每天煮一大锅肉,煮上半个月,汤味儿就出来了。

非也,就是你煮上三年,你也煮不出陈记酱肉的味道来。陈记酱肉的老汤,人说是一锅神汤。

莫非陈爷有仙人暗中帮助不成?瞎掰了,一个卖酱肉的,哪个神仙会帮助他呀?从来没听说过哪位神仙暗中帮助过一个卖酱肉的。玉帝老儿分配任务,二郎神,你到下界帮助陈爷去吧。二郎神问,陈爷是谁?玉帝老儿向二郎神解释说,陈爷就是老天津卫卖酱肉的,他那锅老汤好,你保佑着他那锅老汤别跑了味儿。二郎神一摇头,免了吧,您另选别人吧。一个卖酱肉的还用神仙护佑?卖好了,谁也不会感激暗中助他的神仙,卖不好,神仙负不起那个责任,是好是坏,让他自己煮去吧。

果然,陈爷有志气,不必神仙暗中相助,人家自己心诚,多少年时间煮出了一锅老汤,陈记酱肉也就名扬四海了。

老天津卫,制作酱肉没有车间,不似后来那样,有什么食品一厂、食品二厂,食品一厂生产粮食产品,食品二厂生产肉类食品,食品三厂生产罐头,食品四厂生产素货。酱肉自然属于肉类食品,属于食品二厂专营,食品二厂本部设在河东大马路,厂房一大片,里面有十二个车间。

陈爷制作酱肉那年,生意再火,也是在自己家院里做的。陈爷家虽说是个院子,其实就是在铁道边上用半头砖搭起来的两间破房子,围着两间房,一圈儿泥巴墙,好大一个圈儿,就是院子。院里一个大灶,大灶上一口大铁锅。

陈爷院里那座大灶,炉火常年不熄,煮酱肉的时候闺女一把一把地往灶里续柴,陈爷和儿子陈钩子侍候锅里的事。这里"节外生枝",要说说陈爷怎么给儿子起了这么个名儿?

那一年陈大娘怀孕,眼看着到日子了,只是陈爷正忙,快到年底了,家家户户都来找陈爷定做酱肉,一锅一锅跟不上卖,生意好,陈爷把妻子快临盆的事就给忘了。好在陈大娘皮实,也不声张,早早将娘家妈妈请过来,也不找接生婆,一切就自己料理了。那一天陈爷正忙着锅里的事,就听见妻子在房里哎哟哎哟地叫唤,陈爷听着烦,又赶上出锅,陈爷回手去抓出锅的铁钩儿,没抓着,陈爷冲着房里就喊了一声:"钩子!"陈爷的本意是问他女人出锅的钩子放在什么地方了。没想到,正是陈爷喊了一声钩子,哇的一声哭,陈大娘的老娘在房里冲着院里喊了一声:"不用钩子,他小子自己出来了,大喜呀!"

哟,这一喊钩子,把儿子钩来了,吉祥,就叫钩子吧,这么着,陈爷的大公子就起名叫陈钩子。记住,陈爷的儿子叫陈钩子,后来的故事这个陈钩子是一号男主角,续写陈记酱肉辉煌新篇章。

还说陈记酱肉那一锅老汤,陈记酱肉一锅老汤从什么时候开始煮的,没有历史记录,据陈爷祖辈上留下来的传说,从中国人懂得吃酱肉的时候陈家就开始制作酱肉了,也就是从那时候开始,这锅老汤就存在了。五千年文化,一锅陈年老汤,文化越老越优秀,老汤也越老越有味儿,再到了这辈儿上,老汤就成精了。

老汤何以成精?有讲究,陈家没房没地,没有人在朝里做官。陈家就有一锅老汤,靠着这锅老汤陈家祖祖辈辈有饭吃,这锅老汤一旦被世人解密,或者用句现代话说,被人盗版了,陈家后辈就没饭吃了。所以陈家世世代代将院里的那一锅老汤看作是镇宅之宝,刮风下雨,人可以被大雨淋成落汤鸡,老汤里不能渗进一滴雨。而且最最重要的是,陈姓人家最怕这锅老汤被盗,莫说将一锅老汤盗走,就是偷偷地盗走一碗,满天津城的酱肉都煮出来陈记酱肉的味道,陈记酱肉也就不值钱了。

怕老汤被盗,怎么办,就得看严了呗。怎么看,日日夜夜不离人,原先是陈爷一个人白天黑夜不合眼地盯着老汤,一看见门外有人影,立即扒窗沿上向外张望,手里还握着钩子,万一是个歹人来偷老汤,看准了,一钩子保证要了他的小命。后来陈钩子长大了,其实也就五六岁,灶上的事顶不上,看老汤还是一把好手,陈钩子看老汤也没有什么好办法,就是不许别人靠近,煮肉的时候,灶前陈爷和他两个人,陈爷送酱肉去了,他就一个人立在灶旁,全神贯注地看着这锅老汤,无论什么人也休想从锅里盛一碗老汤走,那也是人在老汤在,要想盗老汤,你就得从陈钩子的身上踏过去。那陈钩子是好踏过去的吗?他手里还握着一把钩子呢。

偏偏那一年出了点儿事,什么事?前面说了,老家过兵,把陈爷老爹的房檩拆下来烧了,陈爷赶紧回家去修房,停灶三天。停灶三天不要紧,老汤还得有个人照应,好办,陈钩子已经十岁了,白天他老娘看着院里的老汤,晚上他可以照看,保证老汤万无一失。也是偏偏那么巧,那一年天津闹流行痢疾,陈钩子一夜往茅房跑十几趟,老年间天津人家院里没有厕所,一条胡同多少人家共用一个茅房,陈钩子跑茅房,院里的老汤谁看管呀?市面上坏人又多,不怕贼偷,就怕贼惦记,贼人天天想着你这锅老汤,迟早他必有个下手的机会。这一下难了,不跑茅房吧,总不能拉裤里呀,跑茅房吧,老汤保不住了。

就在一天夜里,天黑杀人夜,风高做贼时,趁着风野,满天津卫的小偷都出来了,诸神下界,这一夜陈爷的老汤保不住了。可是就在陈钩子拉肚子往茅房跑的时候,不等痛快,才拉了一半就提着裤子往家跑,只是他才一进院门,就看见围着大灶,一个角儿有一对小红灯泡,一闪一闪,亮得吓人。怎么灶四周按上小灯泡了?再一看,陈钩子傻了,哪里是四对小灯泡呀,是大灶四个角儿上,一个角儿蹲着一位黄仙。

黄仙,就是黄鼠狼。天津人崇信五大仙,狐黄白柳灰,黄鼠狼算是一位仙家,惩恶扬善,绝对公平、公正,而且公开。也许它是陈记酱肉的老主顾,听说陈爷回家修房去了,陈钩子又得了急性痢疾,此时不出来帮忙,更待何时?于是仙家就出来了,天津卫若是丢了这锅老汤,天津人还有什么值得骄傲的呢?如此,仙家才为陈记酱肉这一锅老汤做义务保镖,在陈钩子蹲茅房的时候,出来保护老汤。

独得仙家护佑,你说陈爷的老汤是不是有了灵性?

仙家护佑陈记酱肉,自然有他的原因,仙家不似官府,谁花钱护着谁。陈记酱肉顶天好,官府里走不通门路,一个抽查,关上院门数苍蝇,一个两个,数了一个上午,陈爷家院子里共计数出二十三只苍蝇,根据每平方米只能有二十二只苍蝇的标准,超标,停产整顿。一看形势不好,陈爷派儿子陈钩子去大酒楼订了一桌工作午餐,十几瓶好酒才打开,说是陈爷院里有一只苍蝇已经飞到隔壁人家去了。合格,继续营业。

既然没有一点儿私情,何以仙家要护佑陈记酱肉这一锅老汤呢?精诚所至,金石为开,老天是最容易被感动的。陈爷制作酱肉,规规矩矩,多少肉放多少作料,绝对一丝不苟,而且所有作料都要在下锅之前经过陈爷的亲自检验。就说大茴香,别人家煮酱肉,抓一把就是了,只有陈记酱肉,大茴香一定要每只五个瓣儿,多一个瓣儿不要,少一个瓣儿不行,下锅之前,陈爷要一只一只地查看。有一次陈钩子看火,说是锅开了,偏偏陈爷那里大茴香还没有检查完,陈钩子才说了一句"差不离儿就行了"!啪的一声,陈爷大巴掌抡起来,一个大耳光打在陈钩子脸上了。

"呸!小王八蛋,差不离儿,差一个茴香瓣儿,对得起你祖宗吗?这老汤是祖宗传下来的,到我这辈儿走了味儿,百年之后,再见到祖宗,祖宗还不得将我下油锅?差不离儿?陈记酱肉里就不许有这个差不离儿!"说着,陈爷又向陈钩子举起了拳头,陈钩子心眼灵,忙说:"爹,我不是人。"说着,就跪在地上了。

陈爷每天煮酱肉,陈记酱肉大锅里每天要规规矩矩地下作料,你想呀,日久天长这老汤就不同一般了,老汤比每天煮出来的酱肉味道还要醇厚,莫说是煮肉,就是掉进锅里一块砖头,煮一会儿再捞上来,那砖头也是醇香的酱肉味,请来专家鉴定,专家只说这块肉为什么咬不动,他不问老汤里怎么捞出砖头来了?

陈记酱肉卖到二十世纪二十年代,科学已经发达到几乎没有不可破解的秘密了,美国、德国、日本的科学家听说中国天津有家陈记酱肉味道绝对不同一般,于是提请国际科学组织立即组成专家小组前来中国天津调查,一定要化验出陈记酱肉的特殊成分。有人说这下子陈记酱肉的末日到了,你想呀,无论你陈记酱肉的祖传秘方如何不外传,可是科学是专门破解秘密的。莫说是已经成为事实的秘密,就是谁也没见过的秘密,科学一看就看明白了。

但陈爷胸有成竹,听说外国要派专家组分析陈记酱肉的种种成分,陈爷不但不紧张,反而轻松地笑了。"要来,有盘缠就让他来吧,只怕他也是白跑一趟,陈记酱肉这股地道味儿,那是谁也闹不明白的,外人若是闹明白了,陈记酱肉也就不是陈记酱肉了。"

果然,国际专家小组来华工作一个月,从陈爷家里取走汤样,还放在小玻璃瓶里,武装押解,摩托车开道,天津戒严,建立了一个研究所,闲人免进,门口设了两个警卫,就是专家们出入也要凭出入证,天津市长几次想进去慰问外国专家,都被警卫拒之门外了。你说说,事件有多么严重吧?

整整三个月,化验结果出来了,说陈记酱肉老汤里面含有多种成分,铁多少,硝多少,糖多少,蛋白质多少,脂肪多少,多少多少多少多少,全部分析共有四百页,而且专家签字,交到国际科学组织认定。最后中国陈记酱肉老汤的配方公布于众,全世界按照这一配方制作,制作出来一尝,不是那个味儿。

"呸!"全世界的馋猫儿唾了一口唾沫,这是酱肉吗?狗屁!

陈爷笑了,分析吧,你不分析还显不出我陈记酱肉值钱了。

这就不对了,世上无论什么事情不是都怕"认真"二字吗?怎么陈记酱肉越是认真就越闹不明白,这是怎么一回事呢?

此中自有奥秘。

爱找死理的人就喜欢抬这个杠,陈记酱肉味道再好,他还能有什么特殊的配料?就算他每天规矩下料,也不过就是市井百姓们常用的那些配料罢了,那时候又没有宇宙飞船,更没有太空植物,他陈爷老汤怎么会出来特殊味道呢?

这就是天意了,就连陈爷自己也说不明白他家一锅老汤醇厚的味道是怎么出来的。

但只有一个人知道陈记酱肉一锅老汤的味道是怎么出来的。什么人知道这宗绝对机密？陈钩子。

回想那一年陈钩子才十二岁，家穷，上不起学，就在家里跟着老爹照料灶上的事，那时候的陈记酱肉也不过就是天津卫诸多酱肉中小有名气的一家罢了，陈钩子和他老爹每天制作出来的酱肉，也有卖不出去的时候。卖不出去，也没关系，捎回家来，当晚再放回锅里煮，明天一出锅，味道比新煮的酱肉还香。有人专爱吃这口，买酱肉时特意说明要回锅的，陈爷和陈钩子厚道，也不多要钱。

好长一段时间，天津街面上传说大太监小德张要来天津，说是慈禧老佛爷为表彰直隶总督袁世凯安定天津有功，特赏赐顶戴花翎，着小德张亲送到天津。为迎接大太监小德张莅津，天津卫满城黄土铺路清水洒街，马路两旁的商家更是家家粉刷门面，而且满城出动差役抓捕闲杂人等，见有衣衫褴褛者一律收入大牢，也不给什么惩治，只等小德张一离开天津，立即就放他们出来。

老陈爷怕上街卖酱肉遇到小德张到津，一个逃不脱就是麻烦，所以一连好多天都只卖几十斤肉，酱肉卖得少，收入就少，陈家的日子就紧，陈钩子看着生意不好心里焦急，便自告奋勇挎着提盒要代替老爹上街卖肉。

陈钩子一连出来好几天也没有遇见麻烦事，说是小德张来津，谁知道他几时来，再说就是真的来了，谁又知道他走哪条街，就是知道他走哪条街，怎么就那么巧让自己碰见。天下事就是胆大的吓唬胆小的，真正豁出去，也未必就遇见什么事。

撞大运吧！

偏偏那一天倒霉事就让陈钩子碰上了。

要先做一点说明，前面说小德张到天津来的那一年，陈钩子十二岁，记住是十二岁，不是十五岁，十五岁就不至于吓得尿裤了，尿裤怎么样？一尿裤，就尿出陈记酱肉来了。

自然这是后话。

就说这一天下午，陈钩子挎着个提盒走在街上卖酱肉，走着走着，他就觉得今天街面上和往日的情形有点儿不一样，没有车马，没有行人。满街上只见差役们提着哨棒走来走去。陈钩子知道，一定是宫里来人了。再想起这些天街面上的传言，陈钩子断定，一定是小德张大人到天津了。

陈钩子自知小德张并不想看见自己，立即就想绕个道走开，好给小德张让路，陈钩子正要穿过大街，向胡同里面走，才走到大街正中，不好了，迎面刀斧手过来了。迎着陈钩子，一大队人马浩浩荡荡地走了过来，满马路扬起一阵尘土，前面有人吆喝着肃静，后面有人扛着回避的木牌，气势好不威风。赶紧回避,只是来不及了。只看见大队人马兴冲冲走了过来,陈钩子想往街后面的胡同里钻,才回头,上百名衙役已经沿着马路一侧将退回的路封死了,赶紧快跑一步,跑到马路对面,也好找个地方躲避,更是来不及了,前进的路被刀斧手挡住了。哎呀,陈钩子遭难了,今天大太监小德张莅津,你斗胆挡驾,狗头不要了,等着杀头吧,陈钩子。

扑簌簌,陈钩子的眼泪滚下来了,真是生有时、死有地,阎王让你三更死,谁也不能留你到五更。自己才活到十二岁,没想到就要死在刀斧之下,也真是太冤枉了。老爹答应自己只要生意好,十六岁时一定给自己完婚,盼星星盼月亮,心里盘算着还有四年时光自己就是大老爷们儿了,没想到还是没有那份造化,没娶上媳妇,小光棍一条,就回去了,这才是枉生一世了呢。

再想想,自己才十二岁就了结一生,最最对不起的还是生身父母,为了给自己留下终生的饭碗,老爹得罪了几个姐姐,恨得几个姐姐都和老爹断了亲情,老爹曾经指着院里的一锅老汤对自己说:

"儿呀,院里灶上那一锅老汤是咱家的镇宅之宝,女人生儿子的事可以不管,院里的那锅老汤不能忘了侍候。无论是谁来向你乞求舍他一碗老汤,你都万万不能心软,你今天看他可怜舍了他一碗老汤,明天他做出酱肉来,砸了你的生意,你活活饿死在他的门外,他都不会可怜你。知道你姐姐为什么恨得我牙根发酸吗?就因为一碗老汤。你姐姐出嫁之后,丈夫没有本事,你姐姐求我舍她一碗老汤,帮助她丈夫也煮酱肉。我六亲不认,至死我也不答应,你姐姐和你姐夫跪在我面前整整三天三夜,我就是一动不动,凭他们两个怎样央求,我也不舍他们一碗老汤。你穷,我给你金山银山,家里的东西随你拿,你要坐江山,借我一颗人头,伸出脖子任你割。你想要我一碗老汤,把皇帝老子架出来也不行。皇帝老子说我这一锅老汤犯了王法,当着皇帝老子的面,我将这一锅老汤倒到大河里,倒大河里还不行,河水里也有老汤的精华味儿,倒到地沟里,顺着阴沟流到大海,谁也休想再吃陈记酱肉,你说要我一碗老汤,没门儿。

"后来是你老娘看着你姐姐一家受穷心疼,趁着我出门做生意,把看着老汤的大黄狗牵走,从大锅里盛了一碗老汤,天感应,正碰见我做生意回来,二话没说,抬脚,我就将你姐姐手里那碗老汤踢到地上了。为这个,你姐姐多年不回家,骂我是个无情无义的老混爹,任你恨,任你骂,那锅里的老汤就是不舍给人。"

只是,只是,爹呀,儿子不孝,没有尽到保护老汤的责任,如今大太监出巡,前面的刀斧手已经抡起了刀斧,只等刀斧落下,儿子的脑袋瓜子就要滚落在地了,天呀,老辈人做了什么孽,怎么就惩罚到我的头上了呢?

…………

也是阎王老爷有眼,天可怜陈钩子,留他一条活命,眼看着刀斧手的刀斧就要落下来的时候,陈钩子就觉得背后挨了重重的一棒,咕咚一声,陈钩子倒在地上了。

陈钩子被一根哨棒打倒在地,正好将胳膊上挎着的大提盒压在了身子下面,陈钩子身子不高,整个人弓在大提盒上,活赛是一个小土堆挡在了马路中央。

懵懵懂懂,陈钩子倒在地上,不知道自己是死是活,莫非是刀斧手的刀斧落下来了?没有,刀斧手的刀斧若是落了下来,自己的脑袋瓜子早就该落地了,再抬手摸摸脑袋瓜子,还在脖上安着,睁开眼睛还看得见街上的大队人马,还能听见差役们的喝叫,没死,一定是什么人把自己按在地上了。

陈钩子正想闹明白是发生了什么事,就听见背后传来了一个人悄悄的说话声:"小王八蛋,你不要命啦?"

听说话的声音,耳熟,陈钩子每天跟着老爹在街上走动,自然认识许多人,差役里几乎每个人都白吃陈记酱肉,吃陈记酱肉就对陈爷有感情,今天正赶自己出来巡街,看见陈钩子挡驾的罪,杯水之恩,涌泉相报,冲着老陈爷的面子,出来救下陈钩子的一条性命,于是一哨棒打下来,就帮助陈钩子躲过了刀斧手的刀斧。

果然是老爹的老朋友王差爷，王差爷彼时正提着哨棒在街上巡察，看见一个孩子慌慌张张地在大街上跑，再一细看，不是外人，正是老陈爷的独根苗，陈钩子。一定是这孩子出来卖肉，眼神儿不灵，正遇见大太监莅津，一时不知回避，眼看着性命就难保了。也是急中生智，王差爷一个快步赶上来，伸出哨棒，用力将陈钩子按在地上，躲过了刀斧，再有什么事情，那也就听天由命了。

"王差爷，救我一命，日后您一辈子白吃我的酱肉。"陈钩子伏在地上向上面的人说着。

嘴上虽然小声地说着，身子已吓得由不得自己了。身子由不得自己该是个什么情形？尿裤了，哗哗地一股热尿就顺着裤管流下来了，刚才不是说过吗？陈钩子倒地，将放酱肉的大提盒压在身子下面了，自然这泡尿也就正好全流到大提盒里面去了。流进大提盒里又怎么样，不知道，反正酱肉的味道就变了。

王差爷自然也不和陈钩子说话，只用哨棒狠狠地压着陈钩子，小声对伏在地上的陈钩子说道："别出声，等着发落吧。"

王差爷的话声还没有落，小德张大队人马停下，大声喝问："什么人挡驾？"

听到小德张的喝问,王差爷这才敢回身禀报:"回禀大总管,挡驾的不是个人,是本乡的一个钩子。"

"狗子为什么挡驾?"小德张误将钩子听成了狗子,便恶狠狠地向下面问道。

是呀,狗子有什么重要的事情要挡驾呢?

说是好玩,你成心断送他性命呀,说是有正经事,有正经事的有叫狗子的吗?

但小德张问下话来,你不能不回答,不回答就有杀头之罪。我问你话,你不应声,你拿我不当人怎么的?杀!

完了,脑袋瓜子掉下来了。

"回禀大总管,钩子能有什么正经事呀,钩子他爹是个卖酱肉的,钩子知道今天您从这里经过,特意将他老爹制作的酱肉偷出来一块,要呈给您品尝品尝。"

"哦,还有这等奇事,咱爷们儿每天在宫内,御膳房满汉全席孝敬着,怎么还有没吃过的美味?快让他呈上来。倘他老爹制作的酱肉真是人间美味,咱爷们儿自有奖赏,倘这小儿故意挡驾,以进呈酱肉为名和咱爷们儿玩笑,那时再发落他不迟。"

"进酱肉!"立即,一声一声地吆喝传下来,小德张要亲自尝尝陈爷的酱肉。

一声进酱肉的旨令传下来,王差爷过来就从陈钩子的身子下面将提盒夺了过去,陈钩子用力争抢,没有抢下,匆忙中陈钩子在王差爷的耳边说了一句:"王差爷,那酱肉呈不得。"

"你家陈记酱肉如此有名,怎么又呈不得了呢?"王差爷一面抢提盒,一面问陈钩子。

"那酱肉,我小恭了。"陈钩子着急地向王差爷解释。

天津人礼貌,大小便叫解大手、解小手,再斯文的说出大恭、出小恭。陈钩子在小德张面前也不敢说粗话,就如实向王差爷说,那酱肉上面,他小恭了。

王差爷来不及听陈钩子说话,从提盒里夺过一块酱肉就向小德张呈了上去,回过头来还向陈钩子喝斥道:"你还想讨什么功?没杀你头就便宜你了。"

"不是不是,王差爷……"陈钩子还想说什么,来不及了,王差爷已经将酱肉呈去了。

一看大事不好,陈钩子抢上一步,跪到小德张的车驾前面,大声地喊道:"万岁爷饶命!"

"哟,你瞧,这狗子管咱爷们儿叫万岁爷!"车驾里,小德张听见跪在地上的孩子唤自己是万岁爷,开怀大笑。好宝贝儿,真有你的,机灵,你怎么就看出咱爷们儿像万岁爷呢?"赏!"你瞧,酱肉还没有呈上去,小德张就赏下来了。

赏什么,小德张身上那是从来什么东西也不带的,无论到了什么地方,小德张想要什么东西,地方官府就呈献什么东西,那是一点儿也不必小德张自己操心的。车驾里小德张在身上摸了半天,什么也没摸出来,好不容易在衣服口袋里摸到了一块小银锭子。赏,立即就将一块小银锭子从车驾里扔了出来。

一块小银锭子,相当于后来的一大枚硬币,一元钱。

车驾上一块银锭子扔下来,王差爷立即向车驾里的小德张跪了下来,提足一口丹田气:"小民陈钩子给大总管叩头啦!"

说着,王差爷又暗中踢了陈钩子一脚,悄声地向他说:"快喊谢主隆恩。"

陈钩子到底是个机灵鬼,立即向着小德张的车驾放开喉咙大喊了一声:"谢主隆恩呀!"

"哟,你瞧这宝贝儿多招人疼呀,他对咱爷们儿喊谢主隆恩啦,哈哈哈哈!"车驾里小德张开心地哈哈大笑了。

"起驾呀!"趁着小德张在车驾里笑得得意,王差爷闪开身子,将陈钩子用力一推,开出道路,只等小德张起驾了。

小德张正在万岁声中得意,早把尝酱肉的事忘到脑袋瓜子后面去了,车驾抬起来,前面刀斧手一吆喝,急急风,他还有正经事要办去呢。

…………

就这样,陈钩子挎着一大盒酱肉回到家来。他老爹老娘听说儿子被拦在路上,挡了小德张的驾,此时可能早已身首异处。"儿呀。我苦命的儿呀!"正放声大哭时,一抬头儿子立在了面前,老两口乐得不知道如何是好了。

"谢主隆恩,谢主隆恩!"老陈爷和老陈奶奶拉着儿子一起面朝正南,跪在地上一连磕了上百个头,这才站起身来,安抚孩子别受了惊吓。

陈钩子将路上挡驾的经过一五一十地向老爹细细地述说,他老娘到院里去照料灶上的事,最后陈钩子告诉他老爹说,小德张一高兴还赏了他一块银锭子呢。

"哎哟,这可是大总管的赐物,万万不可丢失。咱们不能把这块银锭子只看作是大总管对咱们一户人家的赏赐,要看作是全天津卫百姓蒙受到的赏赐。怎么办,要将这一块银锭子放到酱肉锅里面,每天让全天津卫的百姓和咱一起分享大总管的恩泽。"

说着,老陈爷就往院里走,陈钩子紧紧地追在身后,陈钩子一面追着老爹往院里走,一面战战兢兢地向老爹禀报:

"爹,有件事,我不敢告诉你。"

"你做下什么坏事了?"老陈爷回头向儿子问道。

"我上街带出去的那一提盒酱肉……"陈钩子的本意是想告诉他老爹那一提盒酱肉已经被他撒上尿了,叕他老爹没时间听他细说,只回头劝慰着他:"不要紧,逃出一条活命就是便宜了,酱肉没卖出去,放回锅里就是了,煮到明天味道更足……"

不容分说,老陈爷走到院里,先将那块银放到锅里,再拿起大提盒,哗的一声,满体盒的酱肉就倒回锅里去了,陈钩子来不及阻拦,只捂着嘴巴喊了一声"爹"!再不敢出声了。

……

2

"唔唔唔……"双手捧着一包陈记酱肉,天津民众真有感动得热泪盈眶的。

"此味只应天上有,人间能得几回尝?"打开一张大荷叶,捏出一小块酱肉,才放到嘴里,还没有咽下,立即人们就唏嘘地叹息着陈记酱肉才是人间美味,能够有陈记酱肉吃,天津人再没有什么苛求了。

其实,陈记酱肉在天津有名也不是一年两年了,陈记酱肉没有名,陈钩子怎么会上街卖肉遇见小德张了呢?而且小德张还赏了陈钩子一块银锭子,老陈爷不敢将这块银锭子据为己有,为了要全天津卫的乡亲都能蒙受到大总管的恩泽,立即就将那一块银锭子放到老汤锅里去了。这不,今天早晨头一锅酱肉出来,半个天津城的乡亲们都赶来争着买陈记酱肉的头锅酱肉,一尝,果然味道不同了,真就是天下美味了。

老陈爷将小德张赏的那块银锭子放到老汤锅里,这锅老汤立即就发生了质的变化,自然,光看酱肉的颜色,光看酱肉的光泽,你什么也看不出来,但只要尝一口,你就会感觉出来,味道就是不同了,更醇厚、更香、更浓了,余香也更长久了。一定要说清楚陈记酱肉的味道怎么就和过去不同了,谁也说不清,但吃尽穿绝的天津馋猫们心里明白,这味道就是不同了。

也有人不服,就说老同行李爷,也是天津卫有名的酱肉作坊,制作酱肉也是好几辈儿了,李爷没敢露面,他怕市间流传什么闲话,说李爷偷偷买陈记酱肉吃了,他自己卖酱肉,却吃陈记酱肉,可见他煮的酱肉只是糊弄人罢了。李爷没有出面来买陈记酱肉,但他派儿子偷偷买了一包陈记酱肉,拿回家里一尝,李爷的眼泪落下来了。"儿呀,赶紧想主意学养家活命的本领去吧,卖酱肉这行的生意是没指望了,陈记酱肉独霸天下,咱们李姓人家的饭碗被陈记酱肉砸了。"

李爷的儿子小李子当然不服气,当即就对他老爹说:"怎么咱就煮不出陈记酱肉的味道来?天下没有捅不透的窗户纸,他能用什么作料,咱们也用什么作料,断定他也得不到王母娘娘的洗脚水,就不信咱煮出来的酱肉就永远赶不上他。"

"儿呀,你不懂,你老爹煮了一辈子酱肉,什么作料都用过,更从来没有偷过工减过料,只是这次陈记酱肉和过去的陈记酱肉不一样了,你爹是酱肉坊的老手艺人了,这次陈记酱肉一定下了特别的作料,我品出来了,别说世上,至少中国没见有人用过这种作料。不一般,就是不一般。"

"那能是什么作料呢?"小李子疑惑地问道。

"过去都说印度的香料地道,可是印度香料不能煮酱肉,印度香料有一点儿辛辣味道,可以煮牛肉,不能煮猪肉。可是你说,今天陈记酱肉是用了什么作料呢?"老李爷也是百思不得其解,他实在是闹不明白了。

"听说昨天陈钩子挡了大总管的驾,大总管不但没有动怒,还赏了他一块银锭子,老陈爷就是将那块银锭子放到老汤里,才煮出来这样的好味道。"

"不对,银锭子能有什么味道呀,顶多就是一股铅味儿。"老李爷反驳儿子的猜想说,"一定是大总管另外还赏给陈钩子什么好东西了,老陈爷将大总管的赏赐放进老汤锅里,这才煮出来这种特殊的味道。"

无论怎么想吧,反正陈记酱肉的味道变了,变得天下无双、独一无二了。

陈记酱肉的味道发生了质的变化,一下子满天津卫都传遍了,每天天不亮,陈爷门外就排起了大长队。排队做什么?买酱肉。而且难能可贵,陈记酱肉的销路无论怎样好,陈爷煮酱肉的规矩一点儿也不会错,多少斤肉,下多少作料,煮多长时间,那是一点儿也不可以含糊的。有时候赶上下雨天,排长队的人等得着急,有人就催促陈爷早些出锅。"陈爷,差不离儿的,你就先从锅里给我捞一块得了,火候差点儿没关系。"正在院里照料大锅的陈爷压根儿就没听见,差一分一秒,酱肉也不能出锅,陈记酱肉要的就是声誉,名声大了,生意干得不规矩,对不起乡亲父老,对不起自己,更对不起祖宗。

陈记酱肉的生意越做越火,眼看着陈爷就发了,过去每天只煮一锅酱肉,如今是煮多少卖多少,临到入夜,还有人敲门要买陈记酱肉,陈爷回答说今天没有了,那人不走,连连地向陈爷作揖:"哪怕只是一块肉渣,您也不能让我白跑一趟,我老娘病得没有指望了,她说就是再想吃一次陈记酱肉,您就可怜可怜我这一片孝心吧。"

故事写到这里,看官们已经看明白,这陈记酱肉已经成了一种现象了。什么现象?酱肉煮出特殊味道来了。什么特殊味道?有时候连老陈爷都闹不清楚,趁着外面买肉的人还没有排队,陈爷自己从大锅里捏出一小块酱肉来,放在嘴里一尝,哎呀,真是奇香无比呀!怎么就煮出这种味道来了呢?也没下什么特别的作料呀,就说是锅里多了一块银锭子,银锭子也煮不出这样的好味道呀!

"儿呀!"老陈爷心里纳闷儿,闹不明白自家的酱肉怎么就煮出这样的好味道,一天晚上陈爷将陈钩子唤到房里,爷儿俩关上房门,悄悄地要说几句私房话。

"爹,灶上的事情正忙,有什么吩咐您老就说吧。"陈钩子一心只惦着灶上的事,没工夫和老爹说闲话。

"儿呀,我也是不明白,咱陈记酱肉虽说是好,可是如今怎么就煮出这样的好味道来了呢?"老陈爷疑惑地向陈钩子问道。

"不是大总管赏咱一块银锭子了吗?"陈钩子回答道。

"不对,银锭子虽然是大总管的赏赐,但银锭子没有香味,如今咱们家的这锅老汤简直成了一锅仙汤了,这里面一定有秘密。"

"那能有什么秘密呀?"陈钩子直愣愣地向他爹问道。

老陈爷心里疑惑,陈钩子心里明白,什么大总管的银锭子?老天知道陈记酱肉如今这股香味儿是怎么出来的。多少年来,陈钩子随老爹每天煮酱肉,手艺虽然还没有出道,但人间的死理他还能明白一些,肉就是肉的味道,肉的味道变了,一定是锅里下了作料了。而且猪肉是猪肉的味道,鸡鸭是鸡鸭的味道,天下没有说不出味道来的东西。说不出来的味道,一定是不可告人的味道。什么味道不可告人?原来陈钩子不知道,如今陈钩子明白了,不可告人,就是千万别告诉任何人。你不告诉他,他心里美滋滋地还以为你是一心地

·213·

孝敬他,你将不可告人的秘密告诉他了,他一巴掌搧你一个大耳光,说不定还断了你的生路。所以这世上的事,不应该明白的事情千万别让他明白,他一明白,你的好日子也就没有了。

父子两个都说不清楚他家酱肉何以就煮出了特殊味道,老陈爷就把这种变化看作是一种天意。寻思了好久,老陈爷对儿子说:"要么就是夜里飞来一只神鸟,从天上衔来了上界的香料,偷偷地放到咱家的汤锅里,如此咱家的酱肉才煮出了无双的美味。果真如此,也是上苍成全有心人了,想我陈姓人家世世代代一心地侍候着天津卫老少爷们儿,一心地只想着让天津卫老少爷们儿能吃得可口,吃得称心,如此如此……"

说到这里老陈爷已经是声泪俱下,激动得话都说不出来了。

"唉,爹,你也别想得那么多,咱们陈记酱肉味道好,靠的就是祖辈上留下来的那锅老汤。人间的事嘛,一锅老汤一连煮上一百年,那是什么味道都可能变出来的。"

"不明白,真是不明白,至死我也是不明白。"陈爷认死理儿,还是摇头叹息地说道。

还是老话说得对,纸里包不住火,陈记酱肉的秘密终于有一天被识破了。

什么人识破了陈记酱肉的秘密？自然不是凡人，是天津府的道台大人。

....

"肃静！"恶狠狠一阵喝喊，四名差人闯了过来，呼啦啦就将陈爷家的院子围住了。

官府下来人了。

眼看着四名差役手拿哨棒闯进了院门，老陈爷早吓得魂不附体，战战兢兢地从房里跑出来，咕咚一声，就跪在了地上。

"小民陈老儿跪迎老爷。"

谁料，这四名差爷理也不理睬老陈爷的迎接，他四个人立即分两班站立，随后又是一声喝喊："道台大人摆驾呀！"

哟，道台大人驾到了。

祸从天降了！

莫非是陈爷吃上官司了？陈爷是老实巴交的生意人，绝对不做犯法的事，更从来不议论天下大事，什么改朝换代呀，维新呀，都和酱肉没有关系，陈爷就知道制作酱肉，酱肉能触犯国法吗？酱肉能推翻朝廷吗？酱肉能兴风作浪吗？酱肉能算"一大发明"吗？

不可能，陈爷绝对不会犯法，官府也管不着陈记酱肉的事。

"这酱肉是你煮的吗？"道台大人走下轿子，伸手亮出一包酱肉，极是严肃地向陈爷问道。

"禀告大人，酱肉确实是老儿煮出来的。"老陈爷连连地向道台大人磕头，连声回答道台大人的问话。

老陈爷正在回答道台大人的问话，一旁跪着的陈钩子更吓得大汗珠子滚落下来。陈钩子一是心里有鬼，二是陈钩子是个孝子，他怕老爹受刑遭打，立即向前移了一步，向道台大人说着："小民有罪，小民该死。"

陈钩子猜想，道台大人亲自下到民间追查酱肉的事，一定是有人将陈钩子一泡尿撒在提盒上的事举报了。如此道台大人下来问罪，一人做事一人当，不就是一个死罪吗？自己作下的孽，别让老爹受连累。

"早知道有罪，你就不至于拖到今天了。"一个差人走过来，向着跪在地上的陈钩子吆喝着骂道。

"小民父子有罪，听候大人发落。"老陈爷心疼儿子，跪在地上抢着向差人求饶。

"听候发落就好。"道台大人也没对陈爷耍威风，他反而命人将陈爷和陈钩子拉起来，也不说明缘由，只向老陈爷盼咐道："既然这酱肉是你煮出来的，你也知道没有孝敬朝廷有罪，如此，本府着你立即再包上十包酱肉，本府着差人星夜送到皇宫，感谢老佛爷的恩典。不可有误，差了成色，错了味

·216·

道,瞧我不杀你的头才怪。"

哟,这是怎么一回事?

老陈爷和陈钩子正在疑惑,倒是道台大人道出了此中的秘密。

"陈老儿,本府问你,你这酱肉怎么就出了这样的好味道?"道台大人向老陈爷问着。

"禀告道台大人,老实说,穷苦小民陈老儿,本本分分做生意多年,一心侍候天津卫老少爷们儿,从来不敢稍有怠慢……"

"本府没问这些。"道台大人没有时间听陈爷说那些没用的废话,便打断他的话说道,"早听说你儿子挡了大总管的驾,大总管不但没有动怒,还赏了你儿子一块银锭子,回家之后,你将那一块银锭子入到老汤锅里。有这回事没有?"

"有,有,有。"老陈爷低头立在一旁回答。

"这就对了。你知道你家这锅老汤怎么就煮出异样的香味儿来了,奥秘就在这块银锭子上面。"道台大人洋洋得意地对陈爷说道。

"小民谢主隆恩。"老陈爷连连说道。

"不是龙(隆)恩,是凤恩。你明白吗?你想呀,那小德张是老佛爷身边的宠臣,他身上的东西都是老佛爷的赏赐,小德张从怀里掏出的银锭子,那就是老佛爷房里的银锭子,常言说龙爪凤鳞,你明白吗?"

咕咚、咕咚,两声,老陈爷和陈钩子又一起跪在地上了。哎呀,我的老天爷,这么长时间陈爷没闹明白的道理,一句话,道台大人就点破了,莫不怎么就是读书人呢,到底人家看得透,也看得深。陈记酱肉不过就是陈记酱肉,老汤也不过就是老汤,那是无论你如何下功夫也煮不出来这股异香的。小德张赏了一块银锭子,也就是一块银锭子罢了,只是这块银锭子有来历,那是老佛爷房里的银锭子,皇上是龙,老佛爷是凤,如今杨柳青年画都是凤在上龙在下,真正皇上赏你一块银锭子说不定倒什么味道也煮不出来呢,老佛爷身边的宠臣小德张赏你一块银锭子,这才使你家的老汤有了灵气,谢主凤恩吧,老陈爷。

"小民听命!"立即,老陈爷从锅里捞出一大块酱肉,自然是捡最好最好的酱肉,然后切好,切得每片酱肉都一般厚薄,绝对不能让老佛爷吃着软一块硬一块,厚一片薄一片,那不就犯下大罪了吗?切好,打包,交到差人,立即送到老龙头火车站,十万火急,将陈记酱肉送进宫里去了。

自此,陈记酱肉的奥秘终于得到破解,世人再不犹疑陈记酱肉有什么秘密,别家的酱肉作坊也不抱怨何以陈记酱肉就比自家的生意火,一切都是天意,陈记酱肉独占鳌头了。

…………

独占鳌头怎么样？独占鳌头，生意就火了，天津话，蝎子屙屎——独一份，成天津名吃了。南来北往的客商，到了天津头一件事，就是买包陈记酱肉开开胃口，离开天津，三个月不吃肉，三个月之后，无论家里出什么事，也要往天津跑。天津有什么急事？什么急事也没有，想吃陈记酱肉了。

生意虽火，陈记酱肉还是规规矩矩，原来每天煮多少肉，如今还煮多少肉，原来每天下多少作料，如今还下多少作料，若不，怎么就是陈记酱肉呢？像后来那样，什么东西一卖出了名，就偷工减料了，别的不说，就说后来的火腿肠，早以先的火腿肠香不香？整个一块大瘦肉，吃到嘴里，越嚼越有滋味。后来呢？后来就全是淀粉了。不光全是淀粉了呢，还调整价格呢，名儿改了，什么德古拉斯火腿肠，哈利也儿火腿肠，名字都不知道是怎么起出来的，反正味道不正了。后来呢？后来那几家制作火腿肠的厂子全都下马了，老手艺人也下岗了，天津人再吃火腿肠，全都是河南、广东的火腿肠了。

陈记酱肉绝对不做自己砸饭碗的事，陈爷知道，陈记酱肉不光是要养活如今的陈姓一家人，来日陈钩子娶妻生子，陈钩子的儿子再娶妻生子，都要靠陈记酱肉养家活命，只图一时的眼前小利，自家砸了自家的饭碗，那就是不给后辈留德了。

而且百姓心里有把尺,老话不是说过的吗？民可载舟,亦可覆舟,老百姓能够捧着一个人做皇帝,老百姓也能将皇帝拉下马。这不,眼看着一个大清朝廷,武昌起义,又建立民国,就把皇帝废了。废了皇帝,没废陈记酱肉,虽说陈记酱肉的发家靠的是大总管赐了一块银锭子,但酱肉与皇权无关,皇上吃的酱肉老百姓吃着也香。

进入民国,老陈爷更是每天精心地侍候着天津卫的老少爷们儿,天津卫的老少爷们儿也对得起老陈爷,陈记酱肉每天早晨九点出锅,天津老少爷们儿从早晨六点开始在陈记酱肉店铺门外排队,风雨无阻,有时候老陈爷看着主顾们冒着风雨排队心疼,不等酱肉出锅就跑出来劝说各位父老乡亲："各位爷,几位来买我的酱肉,我从心里感激,只是这天也太冷了,让诸位父老冻着,我也是于心不忍,早一分钟出锅吧,手艺上我又不能那样做。这样吧,几位爷先回家,今天这锅酱肉我就侍候几位爷了,等出锅之后,我一包一包地包好,再让我家陈钩子一家一家地给几位爷送到家里去。"

不行。

几位爷不答应,吃的就是这个等劲儿,不排队,吃着还不香呢,就是冰天雪地,也要在陈记酱肉门外排队等上半天时间,如此买到的酱肉吃着最香。

陈记酱肉火了,别家的生意就不好做了,无论你添加什么作料,天津爷们儿也不买账。有人在酱肉锅里下了鸡肉,煮出来还是赶不上陈记酱肉,还有人往锅里下了德国香料,煮出来一股黑豆味儿,更卖不出去了。据说有人说了,只要能赶上陈记酱肉,就是把儿子扔酱肉锅里,他都舍得,只是他没有那么大的胆量,再说,天下也没有这么好吃的儿子。

"陈爷!"一天晚上,陈爷收拾过灶上的事,正和儿子陈钩子坐在院里合计生意上的事,突然院门被一伙人推开,呼啦啦,就拥进来十几个人。

"哟!"陈爷抬头一看,全是老熟人,街面上卖酱肉的老同行,李爷领头,呼啦啦站满一院子。

"我们是无事不登三宝殿呀。"领头的李爷先向陈爷抱拳施了一个大礼,然后才代表同行们对陈爷说起了话来。

陈爷精明,自然知道同行们今天找到自己是为了什么事情,不等大家张口,陈爷就先对众人说道:"同行是冤家,我明白这个道理,我陈记酱肉独得凤鳞异香,那是前朝老佛爷对我陈姓人家的恩赐,到什么时候我忘不了老佛爷的恩德。老陈头是个有心人,早就知道自己生意好了,一定就挤对了本乡的老同行。生意人的品德,生意再好,我每天也就是一锅肉,多少斤,大家都是同行,说一个谎字,对不起祖宗,我就煮八十斤肉,一百二十斤的一口猪,出八十斤净肉。

多卖一斤肉,算我抢了同行们的饭碗。"

好一个陈爷,绝对诚而且信,每天就卖八十斤肉,天津卫多少人呀,几百万,几百万人不会只吃八十斤肉吧,每天陈记酱肉卖完了,再有人要吃酱肉,就要买各位同行煮的酱肉了。厚道了吧。

"陈爷。"又是领头的李爷,向陈爷抱了一下双拳,然后更是恭恭敬敬地向陈爷说着:"陈爷厚道,大家没的说,陈记酱肉再火,大家也还是照样有生意做,今天我们来找陈爷,是想和陈爷商量一点儿事,陈记酱肉好,好在这一锅老汤,大家比不上陈记酱肉,也就是因为我们各家的老汤没有味道。今天我们只求陈爷将老汤献出来,陈爷说卖,陈爷说个什么价儿,我们就给什么价儿。陈爷说赏,请陈爷放心,陈爷靠这锅老汤养家活命,我们不能委屈了陈爷一家,只要陈爷将这锅老汤分给我们一家一碗,咱们立下字据,陈爷家祖祖辈辈再不必煮酱肉,我们养活陈爷一家祖祖辈辈有吃有喝。从此之后,陈记酱肉的传人,陈姓人家在天津吃香的喝辣的,老宅院,三年一小修,五年一大修,二十年一翻盖,世世代代娶妻生子全由同业包管,不光如此,我们还拥立老陈爷是天津酱肉行的开山鼻祖,凡是天津卖酱肉的,家家供奉陈爷玉照,陈爷百年之后,我们一起在宗师像前焚香上供。陈爷,我们大伙求你了。"说着,李爷已经是声泪俱下了。

在旁边听伯伯大爷们说得如此情真意切，陈钩子已经非常感动，陈记酱肉能有今天，确实也绝非易事，可是看着同行们辛辛苦苦卖了几辈子酱肉，到头也没卖出个名堂来，着实倒也可怜。如今陈记酱肉已经独霸天下，他们之中有人再想赶上陈记酱肉，除非再遇见大总统出巡，他等再出来挡驾，还得遇上凶神恶煞的大总统，他一声喝喊能吓得你尿裤。遇见脾气好的大总统，爱民如子，遇见挡路的儿童，哎哟，宝贝儿，快过来。儿童更是热爱大总统，莫说是尿裤，还和总统亲吻呢。完了，老汤变不了味道了，酱肉也没有指望了。

　　老陈爷认为陈记酱肉的老汤是小德张的恩赐，小陈钩子则知道陈记酱肉老汤味道变化的秘密，所以，老陈爷不为众人的恳求所动，小陈钩子听到众人的许诺已经喜出望外，父子二人各有各的心计。只是，姜是老的辣，老陈爷听着众人的悲求无动于衷，一点儿表情没有，看来他是舍命也不会舍老汤的了。

　　"陈爷，您老莫非是舍不得这锅老汤，咱们还有一个办法，全天津卫卖酱肉的建立一个大连号，您老是老宝号，我们都是陈记酱肉的分号，您老该如何做生意还照样做生意，我们借您老的威风，只做一个分号，按年孝敬您老一份心意。这份心意是多少？您老一年生意的收入是多少，我们大家再给你孝敬一份心意。如此,您老虽然还是照样做着生意,可是一年的收入就多了一倍,怎么样?陈爷,我们就听您一句话了。"

听了众人的好主意,陈爷还是摇头,斩钉截铁,陈爷向众人说道:"至于分号么,只怕没那么便当吧……"

"哎哟,陈爷,您老只在家里煮酱肉,外面的事情您还一无所知,天下的事情就是这样,有一真就必有一假,有一个美猴王,就有一百个假猴王,有一个真李逵,就有一百个假李逵,北京有一个王麻子,天下卖剪刀的全都是王麻子。您老不知,如今济南、保定、北京、沈阳,您瞧瞧,到处都卖老天津卫陈记酱肉。"说着,李爷还真取出十几张印着大红字的包装纸,"老天津卫陈记酱肉"下面还有一行小字,济南分号,保定分号……

哟,出来假冒伪劣的了。

实在被众人恳求得没有办法,陈爷想出了一个退兵之计,陈爷也向众人还了一个礼,说道:"这样吧,大家如此看得起我,我也绝对不能辜负了大家的一片心意。不过,这件事呢,我一个人还做不了主,几位先回去,容我和家人合计合计,等我们合计出一个办法,我再回答大家。你们看这样好不好?"

"好,陈爷,事情就等您成全了。"众人听陈爷说到这里,就也不逼他立即做出决断,既然陈爷还要和家人商量,那就等商量出个结果再说吧。

送走大家之后,陈爷父子关上院门,两个人对于刚才大家提出的种种要求进行了认真的研究,陈钩子也说出了自己的想法,最后陈爷做出了两项决定:第一项决定,啪啪两声,一左一右,陈爷掴了陈钩子两个大耳光;第二项决定,陈记酱肉门外贴了一张告示,这张告示写道:"老天津卫陈记酱肉天下仅此一家,各地绝无子孙分号。"

陈爷,他将事情做绝了。

做绝了怕什么?只要自己心里有根,凭老陈爷规规矩矩的生意品德,凭陈记酱肉一锅老汤,将天下做酱肉生意的手艺人都得罪了,他陈家子子孙孙也有饭吃,而且保证生意越来越火。

果然,陈记酱肉誉满全球了,先别说誉满全球,就说誉满全天津卫,陈爷一家的日子就发了。早以先,陈记酱肉只卖给老城里的老天津人,渐渐地陈记酱肉出了名,租界地新派人物也到老城里买陈记酱肉来了,当然新派人物都是有身份的人,人家不会自己跑来买酱肉,租界地里的英国商场、法国菜市、日本料理专卖场,那是新派人物的消费区,沾一点儿中国边儿的食品,新派人物一律视为是野蛮、不卫生。到了租界地,中国的红烧肉变为法国烤肉,熬鱼变成日本生鱼,山东大葱不如洋葱,馒头不如面包,一切一切都洋派了。

只有陈记酱肉,连洋派人物也吃着香了,每天早晨,陈记酱肉门外一定停着几辆汽车,德士古洋行副董事长、美孚油行副经理,怎么都是副差?正差是洋人,洋人是无论到什么时候也不吃陈记酱肉的。

新派人物买东西,有新派规矩,便宜了不买,老城里土豆一角钱一斤,不买,要买英国商场五元钱一磅的土豆,五元钱一磅的土豆和一角钱一斤的土豆有什么区别?五元钱一磅的土豆吃到肚里打嗝儿是咖啡味儿的,一角钱一斤的土豆吃到肚里打嗝儿是屁味儿的,成色差得远着呢。

租界地的新派人物来买陈记酱肉,陈爷发了,人家派下来买肉的管事,见到陈爷,一张口就说,八元钱一份,你给切两份吧。

哟,陈爷傻了,几角钱一大包,有肥有瘦,用一张新鲜荷叶包着,八元钱,半锅肉呀。真把半锅肉给他送上去,他又不吃了。"这么便宜的东西是给人吃的吗?"他不相信了。

再说,你也不能用荷叶给新派人物包酱肉呀,那荷叶上没有细菌吗?不卫生,不文明了。

怎么办?陈爷自然会想出办法来的,酱肉还是陈记酱肉,再精选也是一锅老汤煮出来的,煮酱肉的生猪也是肉店里送过来的,那猪更是农家猪圈里养出来的,你也不能再建一个猪圈,新买下一批小猪崽,每天用鸡鸭鱼肉燕窝鱼翅喂着它,还让它喝咖啡,听古典音乐。再说,就是那样喂着,肉也未必就香呀。要想在陈记酱肉上下什么功夫,那已经是没有余地了。

可陈爷是规矩人,他不肯多收新派人物的钱,既然卖给人家八元钱一份的酱肉,你就得对得起人家那八元钱。怎么对得起?改包装。

来到日租界,陈爷订制了一批日本便当的木盒,红漆面儿,黑漆里儿,里面还有几个小格格,盒面上描着山水,看着甚是文雅。又来到法租界,陈爷买到法国香纸,带回家来,每天选上好的陈记酱肉,每份半斤,精心切成薄片,一片片排整齐,放在便当盒里,摆出来,果然就是国礼。好,一份陈记酱肉卖到八元钱,值!

租界地的新派人物和洋人打交道,最有信用,从来不欠账,当天生意当天付清,一手交钱一手交货,从来没打过撅撅缸。这一下好呀,陈爷和肉铺的生意也好做,头天夜里肉铺送来一口生猪,放下生猪,陈爷付钱,从来没欠过一角一分,绝不似小门小户那样,三个月前进货的钱,到现在还没还呢,逼得肉铺反目,天天坐在他家门外讨账。

看着陈爷的生意火,天津酱肉行的老同乡终于心服口服了,原先什么联营、分号的打算也都不想了,你想呀,人家陈记酱肉生意这样火,怎么会和你干联营、分号呢?

世上的事情就是如此,外人看的只是热闹,只有内里人才知道酸甜苦辣,神不知鬼不觉,陈爷已经感到日月不好过了。

陈爷的日子怎么还会不好过呢?每天早晨陈记酱肉门外光小汽车就排了几十辆,过去陈记酱肉每天打发过租界地的新派人物之后,至少还有六七十斤的酱肉好卖,如今打点走了小汽车之后,陈记酱肉已经所剩无几,普通市民已经很难吃上陈记酱肉了。

....

"陈爷,这一个月生猪的钱,您老先拨给我一点儿,我一个卖生肉的,本小利薄,经不起拖欠,我知道陈爷生意火,顾不上我这小生意,只是陈爷再忙,也得体恤体恤我这小买卖呀。"哟,话虽然是转着弯儿地说,但陈爷明白,这是肉铺讨债来了。

怎么?陈爷居然欠下肉铺的债了?对了,就是欠下肉铺的债了,一连一个多月,肉铺每天将一口生猪送到陈爷家里,多少年的规矩,每天都是一手交钱、一手交货,后来有一天陈爷说今天生意忙,过两天一起算吧,肉铺掌柜和陈爷多年的老交情,再说凭陈记酱肉的招牌,还能欠你的肉钱不给？过几天就过几天吧。只是一连过了一个多月,陈爷都没提肉钱的事,肉铺掌柜坐不住了。这不,今天早晨他跟着送肉的伙计一起找到陈爷门上,讨债来了。

"哦哦哦。"陈爷支吾了一会儿,没有说出话来,只是陈爷脸色烧得通红,汗珠子已经滴落下来了。

"陈爷。"肉铺掌柜还是赔着笑脸对陈爷说着,"若说呢,多少年的老交情,这几十口生猪,莫说陈爷还说了一个买,就是向我要,我也不能驳陈爷的面子。只是陈爷知道,卖肉的都是小本生意,我们进货,那是少一分钱,人家也不肯将生猪卸到你家门外的。我们将生猪送到各个肉店,陈爷知道那也是现钱交易的。这许多年还没有人欠过肉钱。肉嘛,今天没收上钱来,明天人家说这肉不新鲜了,你连钱也休想收了。"

"唉,老兄弟,这些道理我是全明白呀。"陈爷打断肉铺掌柜的话,对肉铺掌柜解释说,"我难呀。"

"怎么？陈爷还难？"肉铺掌柜疑惑地问着。

"我怎么不难呢,你想,哪怕有一点儿办法,我能欠你的肉钱不还吗？"

"陈爷,咱可是多年的老交情了。陈爷没对我说过半句慌,我也没对陈爷说过半句假话,眼看着陈爷门外每天小汽车排成长龙,怎么陈爷还说难？"肉铺掌柜不相信地说道。

"倒霉就倒霉在这些小汽车上了。走着买酱肉来的,都是老天津卫乡亲,一包酱肉五角钱,没有人欠我这份人情,都是现钱买的。可是开着小汽车要酱肉来的,坐小汽车的爷,能身上带现钱吗?"陈爷回答肉铺掌柜说。

"就算是当天没带钱,我可是听说陈记酱肉卖到租界地,那是八元钱一份呀。"

"没错,你光听说陈记酱肉卖到租界地八元钱一份,你还不知道多少辆小汽车每天来我这里要酱肉,一连二年不付钱的呢?"陈爷哭丧着脸,对肉铺掌柜说道。

"天下有这样的事,开着小汽车来,居然白吃酱肉?"肉铺掌柜大吃一惊地向陈爷问道。

"人家不说白吃,你也许留过神儿,每天早晨来我这里要酱肉的,在一辆顶顶阔气的小汽车……"

"黑色的?开车的是个小黑个儿。"

"对,就是那辆小汽车,知道是什么人的吗?天津市政厅,市长大人一份,副市长大人五份,他一个人怎么要五份?他老岳父爱吃陈记酱肉,他小姨子爱吃陈记酱肉,他女婿爱吃陈记酱肉,他老娘养的那只小花狗,也爱吃陈记酱肉,一天五大包……"

"不给钱?"肉铺掌柜瞠目结舌地问道。

"人家没说不给钱呀,"陈爷眼里含着眼泪回答着,

"人家说,那要从办公费里开支,你知道市长、副市长吃酱肉,那是公费开支。"

"公费开支也得给钱呀。"

"公费开支统由预算中转账,预算是一年批一次的,头一年的预算没做上酱肉这一项,第二年做上酱肉这一项了,可是紧缩开支,把这项开支挪到下一年去了。老兄弟,你说说我这生意可怎么做呀。"

"光是市政厅,也吃不黄你陈记酱肉的大买卖呀。"

"光他一家,我不怕吃。可是你还看见过,挂着军车牌照……"

"七十二旅。"

"对,就是七十二旅,不光是旅长吃……"

"团长吃、营长吃、排长也吃。"肉铺掌柜接着陈爷的话说。

"光吃咱也不怕,他还三天一小宴,五天一大宴,一连吃了一年,到了结账的那一天,我找到七十二旅军部……"

"开拔了。"

"你怎么知道?"陈爷向肉铺掌柜问。

"他还欠着我上百头生猪的钱呢!"

"唉!"说着,陈爷和肉铺掌柜一起叹息了一声,然后两个人又一起说道:"这生意没法做了。"

…………

3

福无双至,祸不单行。

正在陈记酱肉表面繁荣、内里空虚,老陈爷欠下一屁股债,面临破产的危难时刻,偏偏陈钩子的母亲,老陈爷的老伴儿陈大娘又得了重病卧床不起,而且病情一天天加重,眼看着人就不行了。

实在也是看着生意一天天地不行了,陈大娘心里着急,再加上日月艰难,不知不觉之间陈大娘就一天天瘦下来了,直到陈爷和陈钩子发现陈大娘的情形不好,人已经病得不轻,家里也穷得连请医生的钱都没有了。

此时此际,陈记酱肉已经支撑不住了,肉铺再不肯赊账。最后一锅酱肉出锅,大灶灭火,爷儿俩抱头痛哭一场。肉铺掌柜看陈爷可怜,欠的几十口生猪钱,也不来催了。只是陈爷自己心里过不去,整天愁眉苦脸地坐在院里晒太阳。病在屋里的陈大娘看老头可怜,就劝他说留得青山在,不怕没柴烧,大不了摘下陈记酱肉的招牌,换个住处,还做酱肉生意,只要心诚,不怕没有主顾。

话虽然是这样说,可是生意人的本性,就忌讳扔掉祖宗留下的老字号,再换个新招牌。而且老陈爷还放不下别人欠他的那些债,什么市政厅呀,七十二旅呀,万一哪一天他们良心发现,想起还欠着老陈爷多少钱,你搬家走了,那钱岂不就白白地扔掉了。等着吧,官府还有欠老百姓钱不还的道理吗?吃你十年酱肉才多少钱,少买一辆汽车全有了。官府不是欠你钱不还,官府太忙,腾出手来,拔一根汗毛,就比你腰还粗。

等着吧,只等天津市政厅或者七十二旅还了陈爷钱,陈记酱肉照样开张,陈钩子有志气,陈记酱肉恢复之后,过二年他还要到上海开分店去呢。

无情的现实是陈大娘病了,什么事情都可以等,只有病人不肯等,就算是家穷请不起名医,到底你不能看着病人受折磨不管,就是请个游医,讨个偏方,好歹也要钱呀!

就是钱不好办。

卖肉?陈记酱肉大灶早就熄火,一点儿热气儿也没有了。找人去借?早先还行,就凭陈记酱肉的名声,莫说是找朋友借,就是找美国花旗、日本正金、英国汇丰,各家外国银行、中国票号都巴不得借钱给陈爷呢。只是如今不行了,陈爷臭了,走在大街上没有人和他打招呼了,到什么商号去,明明到了中午，人家也往外开他了。"陈爷，你忙去吧，我们这里要开饭了。"唉，人间冷暖，那是只有倒霉的人才体会得最深最切的。

罢了，给老伴儿看病为重，老伴儿一辈子不容易，没穿过好衣，没吃过一餐舒心饭，每天每天都是手里拿着饼子，一边照看着灶上的活，一边啃饼子，酱肉出锅了，有点儿时间还要照顾陈爷和陈钩子父子休息，陈大娘是从来闲不下的。

"儿呀，你过来，爹对你说一件事。"一天早晨陈爷万般严肃地将陈钩子唤来，像是决定发动世界大战一般，一字一字对儿子说："再没有别的办法了，咱卖老汤吧。"

"啊！"陈钩子听了不敢相信自己的耳朵，卖老汤，陈记酱肉的招牌不要了。

"唉！"陈爷深深地叹息了一声，眼泪已经涌出了眼窝。"儿呀，不是老爹我不给你留活路，是日月逼得我无路可走了呀！我能看着你老娘一天天地病得下不了炕不管吗？不给你老娘治病，我还是个人吗？不给你老娘治病，你也不答应呀。儿呀，就算你老爹没本事，谁让咱是卖肉的呢，卖肉的就得侍候着人家吃肉的，吃肉的吃够了肉，一走拉倒，卖肉的收不上钱来，你就没有地方好走。卖老汤吧，市面上家家户户不是都惦着咱这锅老汤吗？生意大家做，这锅老汤我卖了！"

陈钩子想不出别的办法，明知道干的是砸锅卖铁的事，可是事到临头，你也没有别的办法。"爹，孩儿不孝呀！"说着陈钩子放声地痛哭了起来。

陈记酱肉卖老汤，是一件极其隆重的大事，更是天津近代历史上的一桩重要事件，卖老汤不能蔫了吧唧地卖，要卖汤有名，陈爷请到天津卫的一位宿儒，很可能就是我们侯家大院的一位先人，学问特大，各家商号开张、歇业、倒霉破产，新军入城，旧军逃跑，一份份告示都出自我们侯姓人家这位先人之手，也是大手笔了。

侯大学问为陈记酱肉卖老汤一事写的告示全文如下：

敬启者：

陈记酱肉之所以卖老汤者，兼达天下也。

夫老天津卫陈记酱肉者，百年老店也。

先人陈公，不入仕，不求俸禄，不贩贱卖贵，不欺世盗名。唯以烹制酱肉为业，诚其心志，精于制作，灶上炉火不泯不旺，锅里老汤不沸不温，选上等云贵茴香，两广地道作料，煮、熏、烘、卤、烧、烤、焖、炖，一丝不苟。经百年风云，历三代传人，终成陈记酱肉盛名，呜呼，果然苍天不负有心人也。

尤为奇者，前朝光绪二十八年，西历一千九百零二年，大总管奉旨到津，路遇钩子献肉，大总管大喜，赏赐银锭子一块，老陈头不敢贪天之恩据为已有，遂将大总管赐物放置老汤锅内，孰料自此味道更为醇厚，后经天津道台大人诠释，谓此中有凤鳞异香，由是，陈记酱肉已成天津一绝。大江南北，长城内外皆知天津有陈记酱肉者，新朝北洋政府袁大总统、徐大总统每于接见外国元首之时，便以天津陈记酱肉相赠，颇得世界各国元首赏识。

陈记酱肉自名声大振以来，本乡同业父老相继登门求购老汤，且许以重金，立为分号，以求共振津门酱肉之大业。无奈彼时本主人尚觉陈记酱肉老汤味道尚欠醇厚，制作尚未成功，煮肉仍需努力，故未敢散布市间，唯恐以讹传讹，倒了津门父老胃口，罪责难当。

如是，又经数年努力，本主人以为陈记酱肉已达前无古人之境，且置国泰民安之盛世，陈记酱肉应属天下人共有，普天之下，皆我老汤，率土之滨，皆我酱肉，岂不一大功德乎！

为公布事，自即日始，陈记酱肉出售老汤，五十元一大碗，数量有限，欲购从速，三日为期，逾期不候。

唯唯，此布。

第二天一早,陈爷将出售老汤的告示张贴出来,立即唤醒儿子,准备应付前来买老汤的同行,陈爷更嘱咐儿子一定要笑脸相迎,别以为咱如今连老汤都卖了,日月没有指望了,日子长着呢,天津卫混不下去,咱还可以去北京,北京城里识货的人多,有钱人也多,咱们能像侍候天津爷们儿那样侍候北京爷们儿,过不了几年,照样能够发起来。到那时,咱们衣锦还乡,把全天津卫的酱肉作坊买下来,咱来个独一家。

　　唉,事到如今还说大话呢,自己哄着自己罢了,老娘病重,再不请医生就晚了,将一锅老汤卖了,给老娘医好了病吧,再举家迁到北京,北京地面大,北洋政府也不敢白吃肉,北京的老百姓也不好惹,再说还有使馆区,中国爷吃肉不给钱,洋人吃肉不懂得不给钱,就是洋人大总统,他吃了你酱肉,你若是不收他的钱,他会告你到官府,说你将不收钱的肉给他吃,看不起他了。

　　若不,怎么就是东西文化差异呢。

　　将老汤一份一份地分别盛到大碗里,唯恐一会儿买老汤的人来了忙不过来,陈爷和陈钩子早早立在门外,脸上堆足了笑容,只等买老汤的同行买汤来了。

　　只是太阳已经高高地升起来了,陈记酱肉门外还不见一个人影,陈爷怕人们不认识陈记酱肉在什么地方,又写了一个小条贴到胡同口上:"买老汤请往里走五十步。"

小条贴出去,又等了半天时间,还是没有人来买,倒是也有人过来看过,向陈爷问了一句:"卖老汤?"还没等陈爷回答,那问话的人就远远地走开了。

整整等了一天,老汤一碗也没卖出去,前年领着头要买陈记酱肉老汤的那位李爷,也闻讯赶来了,远远地只看见李爷从胡同口往里面望了一会儿,再等陈爷招手想将李爷唤过来,李爷没有影儿了。

"怎么,人们居然不买我陈记酱肉的老汤?"陈爷不明白了,点上一袋烟,坐在大门口,陈爷犯了寻思。这些年来,酱肉生意明明只看我一家兴旺,家家户户做酱肉的同行,挖空心思想向我讨一碗老汤,如今我大大方方地卖老汤了,他等倒不敢买了。

哦,灵机一动,陈爷明白了,他们怕我有诈。

罢了,既然到了不卖老汤就活不下去了的地步,也就顾不得什么面子了,把话说明白,老汤就是陈记酱肉的老汤,卖老汤就是把子孙后代的生意卖出去了,陈爷不干了。

找出笔墨,找来一张大纸,陈爷歪歪扭扭地信笔写了一个说明,说明自然也得写得斯斯文文,陈爷好歹也识得几个字,效仿着《唐诗三百首》里面的诗句,陈爷也写了一首古诗。近乎旧体诗,合辙押韵,还是一首七绝,情真意切,读着也甚是感人。

陈爷的七绝是这样写的：

  陈记酱肉卖老汤，
  实在一片真心肠；
  此中倘有半点假，
  花柳梅毒长大疮。

陈记酱肉卖老汤的告示贴出去整整三天，一个来买老汤的人影儿也不见，陈爷叹息了，天灭我也，眼看着陈大娘倒在炕上已经三天三夜滴水未进，无论怎样也要请个医生来看看，就是明知道是医不好的绝症，也不能看着不管就让她这样离开人世。唉，儿呀，跟我卖老汤去。

家里有一个米坛子，平时盛五斤米，十几碗老汤放进去，满满沿沿，正好是一大坛子。陈钩子推着小车，陈爷在前引路。他要一家一家去卖陈记酱肉的老汤了。

头一家，正好是李爷家，李爷家住得离陈爷近，前两年他带领众人来买陈记酱肉老汤，陈爷没卖给他，他直到现在心不死，只要李爷买了老汤，同行也就敢跟着买了，众人不是怕上当吗？

"李爷。生意兴隆。"走到李爷酱肉铺门外，陈爷远远地向李爷拱手施了一个礼,然后招呼着李爷说。

"哟,陈爷,这可是怎么说的,您老今天闲在。"李爷似是毫无准备,还有点儿吃惊地向陈爷说道,立即,李爷走出店铺搀着陈爷往店里走。

"不了,不了,今天还有事情要做,改日再说话吧。"陈爷推让不肯往店里走,就立在酱肉店门外对李爷说道。

"好,陈爷走好,我就不远送了。"哟,李爷假装什么也不懂,陈爷今天找上门来,能没有一点儿正经事吗,什么话也没说,立马就送陈爷走,装傻了。

"李爷。"陈爷自然不肯就此走开,站在店铺门外,向李爷说,"记得前年想买我陈记酱肉老汤的事吧?"

"记得记得,那样的大事怎么会忘记了呢?"李爷忙着对陈爷说着。

"说起来呢,那时候有些话没有对李爷说清楚,也许李爷直到如今也解不开扣儿。"陈爷还是说绕脖子话。

"解开了,解开了。"李爷忙着对陈爷说,"陈记酱肉老汤那是祖辈上传下来的,我怎么敢存妄想呢?陈爷,你有事情快忙去吧,咱老哥儿俩改日再说话。"说着,李爷就想往店铺里走。

"李爷,"眼看着李爷往店里走,陈爷在背后唤了一声,又凑上一步,赶上李爷说道,"前两年李爷找到我求买老汤的事,李爷还记得吧?"

"那,那已经是过去的事了。"李爷支支吾吾地回答。

"莫非李爷这二年的酱肉已经名扬天下了?"陈爷向李爷问道。

"陈爷,酱肉的事,谁敢和您比呀!不比也罢,我李记酱肉就沾了这味道平常的光了,一包吧,味道也还说得过去,吃过了,也就忘记了。没有人惦着我的李记酱肉,他做了皇帝,想不起要我这李记酱肉进贡,他沦为草冠,也不会来抢我这李记酱肉。您看见的,每天我都是挎着大提盒走街穿巷地吆喝着卖,街面上的人看见我,只招呼一声'卖酱肉的',没有人问我是姓李还是姓陈……"

"依李爷的意思,莫非我陈记酱肉反倒吃了这天下扬名的亏了?"陈爷不解地问道。

"不敢,不敢。"李爷忙摇着巴掌回答。

"唉,李爷,您圣明。"陈爷叹息了一声向李爷说,"太平盛世,谁的酱肉出名,谁的生意好做……"

"陈爷,您比我圣明。"李爷立即回敬一句。

"遇上混世魔王,谁家的酱肉香,他专吃那一家。我就是活活被这帮阎王吃穷了的。实话对李爷说,我如今已经是一贫如洗,内人生了病,我连请医生的钱都没有……"

"陈爷,大家都是多年的老交情了,陈爷用钱,多了我没有,三百二百的,您只管说。"李爷厚道,立即表示要帮助陈爷渡难关。

"李爷,我一辈子没做过手心朝天的事,借您的钱,我得放下点儿抵押,这碗老汤……"说着,陈爷端着一碗老汤就往李爷店铺里走,突然,李爷匆匆赶过来,立即将陈爷挡在了门外。

"街坊邻居们,大家可是都看见了,今天陈记酱肉掌柜要送我一碗老汤,我可是没受,我李记酱肉里面绝对没有陈记酱肉老汤的味道呀!"未料,李爷不光将陈爷挡在门外,还冲着东邻西舍,放开喉咙大声地喊了起来,喊过之后,李爷推着陈爷向远处走,一面走着,李爷还一面对陈爷说道:"陈爷,我可不敢要您陈记酱肉的老汤,我还想做生意呢。"

"啊!"陈爷大喝一声,怒不可遏地向李爷问道,"我白送你陈记酱肉的老汤你都不要呀?"

"陈爷,留着你的老汤吧,那是祸根呀!"说着,李爷将陈爷推出去了。

咕咚一声,陈爷跌倒在地上,全身瘫软得没有一点儿力气了。

陈钩子将老爹搀起来,扶着他坐到木板车上,让老爹抱着从家里带出来的那一坛老汤,无精打采地往回家的路上走。

"儿呀,你爹真傻,精心地侍候出一锅老汤,没想到竟酿成了祸端,陈记酱肉如果还是平平常常地做生意,谁也不会指名点姓地要吃我家的陈记酱肉,你陈记酱肉扬名天下,天下的英雄好汉就都要来吃你的肉,你有多少肉好让他们吃呀!"数落着,陈爷声泪俱下,已经是泣不成声了。

陈爷一路哭着,被儿子送回家来,推开院门,陈爷就向房里喊:"他娘,我对不起你,老汤没有卖出去,医生也没有请来。"

陈爷喊了一声,房里没有回答,陈爷想,也许是老伴儿睡着了,嘱咐儿子赶快给老娘煮粥。陈爷拖着软软的一双腿往房里走,才推开房门,就看见陈大娘倒在地上,她早就已经咽气了。

....

嗒嗒嗒嘀,嘀嘀嘀嗒……

哎哟,这么热闹!

别误解,不是陈爷给老伴儿办丧事,出大殡,请来吹鼓手,送老伴儿入土为安,是陈爷卖掉那个小破院,给老伴买了一口薄板棺材,放在木板车上。陈爷在前面拉着车,陈钩子在前面打着幡,将陈大娘送到郊外的乱葬岗里,挖了一个深坑,草草地埋掉,连个坟头都没敢立,唯恐北洋政府出来人收坟头税。

那又是哪里传来的吹打声呢？

嗒嗒嗒嘀，嘀嘀嘀嗒。是陈爷和陈钩子埋过陈大娘回来的路上正赶上北伐军胜利进入天津，城头换了大王旗，历史又翻到新一章了。

新一章关陈爷的屁事？

不对，历史每一章每一页都和陈爷，也和陈记酱肉休戚相关！

陈爷拉着小车，陈钩子穿着孝袍，父子两个悲痛万般地在路上走，正好遇见北伐军胜利进城，好不威武雄壮的队伍，前面的大兵举着青天白日旗，洋鼓洋号领队，长官骑着大马，北伐军战士穿着黑色的军衣，一路走着还一路唱着军歌，陈爷倒也听懂了北伐军唱的军歌，什么"打倒军阀，打倒军阀，救中国，救中国，国民革命胜利，国民革命胜利，齐欢畅，齐欢畅。"唉，你娘是没赶上好日月哟，人也死了，吃肉不给钱的日子也过去了。北伐军打倒军阀，为什么军阀一定要打倒？就是因为军阀浑不讲理，吃肉不给钱。你没听见吗？"国民革命胜利，国民革命胜利，齐欢畅，齐欢畅。"怎么才能齐欢畅？老百姓只盼着吃肉付钱，就跟着齐欢畅了。

忘掉丧妻的悲痛，走在路上陈爷就打起了精神，重打锣鼓另开张，好好做生意，趁着国民革命胜利的大好形势，一定要让陈记酱肉重放光辉。

果然，国民革命才一胜利，新社会的光辉就照到陈爷头上来了。

陈爷和陈钩子才走进家门，水还没有喝一口，嘚嘚嘚嘚，一阵马蹄声，再一看，四匹军马立在陈爷家门外，马上四位北伐军英雄，英姿飒爽，威武雄壮，一定是向陈记酱肉掌柜通报"革命"成功来了。

"这里是卖陈记酱肉吗？"马上的好汉大声地向陈爷问道。

陈爷立即出来，点头哈腰地回答说："回爷的话，原来卖过，如今收市不卖了。"

"进军路上，才过了济南，就听说天津有家陈记酱肉，千里迢迢解救民众来到天津，偏偏你陈记酱肉又黄了。唉！"马上的英豪甚是惋惜地叹息了一声。

"回长官的话，多少年时间陈记酱肉好好的生意，生生被北洋军阀一帮蝗虫给吃黄了。"陈爷似是见到了亲人一般，委委屈屈地对马上的长官说道。

"有人吃你酱肉不是好事吗？"马上的长官向陈爷问道。

"他白吃，不给钱，还不光是一家吃，凡是靠上点儿官府势力的都白吃，整整吃了我二年，还有苛捐杂税，营业税、酱肉税、生猪税、人头税、猪头税，生儿子纳税，生闺女也纳税，死了老人纳税，家里的老人不死，也纳税……"

· 245 ·

"若不怎么就得打倒军阀呢?"马上的长官对陈爷说,"以后好了,军阀打倒了,民国政府,民主自由,老百姓是国家主人,我们军人是你们的子弟,知道什么是子弟吗?就是儿子,军人是老百姓的儿子。"

"哎哟,不敢不敢,"陈爷听说自己又有了这么多威武的儿子,吓得全身打战,连声地向马上的长官说,"老百姓是长官的儿子,我老陈头有这口气儿,活在世上,就是为了侍候各位长官的。"

"别管谁是谁儿子吧,如今天下一统了,你得早早地做生意呀。"长官举目向陈爷院里巡视了一遭,又向陈爷说道。

"长官看见了,我父子两个刚掩埋了我的老伴儿,房子也刚刚卖了,院里还有一口大锅,老汤还在,只是这酱肉生意怕是做不成了。"

"怎么?"立即,马上的长官沉下一张狗脸,不怀好意地向陈爷问道,"北洋时期你天天养着那些军阀,北伐军到了,你关门不干了?你对抗北伐呀!"

"长官饶命,我一个卖酱肉的,怎么敢对抗北伐,北伐好,北伐成功以后就用不着再北伐了,多好呀!"陈爷早吓得语无伦次,乱七八糟地向长官说道。

"既然你不对抗北伐,那你几时才能将酱肉送到北伐军司令部去?"长官摇着手里的马鞭,向站在下面的陈爷问道。

"侍候长官吃肉,小民不敢违抗,只是这生猪,长官让我向谁去要。"

"怎么,煮酱肉还要生猪?"马上的长官大吃一惊地问道。

"没有生猪,哪里来的酱肉呀?"

"没有生猪好办,我给你一杆汉阳造,你端着这杆大枪,看见谁家有生猪,你就把枪口冲着他,你还得好好地对他说,革命成功,犒赏北伐军,司令部征用生猪,让他们立即将生猪送到你这里来,你收到生猪给他们打个收条,让他们拿你的收条到北伐军司令部去兑钱。"

说罢,马上的长官举起背上的大枪就要往下扔。

"长官,长官,这大枪我不敢要。"陈爷吓得往后退了三步,指着长官手里的大枪央求着说。

"哈哈哈,吓着你了,"又是一阵开怀大笑,长官将枪又挎在背后,立即又向陈爷说道:"你没有生猪下锅,北伐军爱民如子,也不难为你。这样吧,路上我们套着了一条狗,你将狗杀掉,架火将狗肉煮好,就用你煮陈记酱肉的那锅老汤,明天一早将狗肉送到北伐军司令部,味道真好,我给你立一等军功。哈哈哈!"说着,马上的长官一阵狂笑,看也没有看清,就觉得一阵黑风兜起,一条大狗从马后蹿到了院里,大狗脖子上套着绳套,马上的长官也不知是怎么一个动作,绳

·247·

子另一端就绕到陈爷院里晾东西的大绳上了。那狗可能也知道自己的大限到了，没叫，乖乖地就卧在了地上。

"哎哟，长官，您您您……"陈爷仰头看着长官，低头看看狗，一时不知道应该如何是好，便语无伦次地胡乱说着。

"这狗够肥的吧，跟着我们跑了几十里。"马上的长官说道。

"长官，长官。"陈爷看着卧在地上的大狗，胡言乱语地说道。

"告诉你，卖肉的，狗肉可是最香呀。"长官颇是得意地在马上说道。

"这这这，小民没煮过狗肉呀！"

"那有什么办不到的，你将狗杀了，剥下皮，整个放在老汤锅里不就行了吗？"

"可是，可是，我不会杀狗呀，再说我也没有杀生的刀呀。"陈爷央求地对长官说道。

"狗不用杀，我教给你，这狗脖子上不是已经套上扣儿了吗？那绳儿的另一头正系在你院里的大绳上，用力地，你将系在大绳上的绳儿拉紧，将大狗悬起来，狗也怪，它只要后腿一离地，嘴巴就张开。这时候你往狗嘴里灌上一小碗凉水，咕噜一下，狗就咽气了。"骑在马上，长官还指手画脚地向陈爷表演着说。

"长官,长官,您老包涵,我没杀过生。"陈爷连连地向长官施着大礼,苦苦地哀求着。

"哎呀,你这老头儿真麻烦,你没杀过狗,我杀给你看。"说着,长官就往下面跳,陈爷立即抢上一步,将长官拦在了马上。

"长官,长官,不敢劳您的大驾,我们天津人的规矩,住家院里,那是连鸡都不能杀的。"

"哎呀,革命了嘛,什么规矩不规矩的。"推开陈爷的双臂,长官还是要下马杀狗。

"长官长官,您回驾吧,狗的事,我自己想办法就是了。"陈爷看着长官真的要下来杀狗,无可奈何,只得先将他劝走再想办法了。

长官听说陈爷要自己想办法,便也没有再坚持亲自动手杀狗,骑在马上,长官对陈爷说:"老头儿,好好干,复兴中华,好日子就要来到了。"说罢四匹大马掉过头去,啪的一声马鞭响,四位长官大声笑着,嘚嘚嘚地跑远了。

咕咚一声,陈爷瘫坐在院里,一双呆滞的眼睛望着院当中那条大狗,大狗好可怜,一双无望的眼睛呆呆地向陈爷望着,似是问陈爷什么时候杀它。

陈爷看着地上的那条大狗,似看一条猛虎,是一条只要一张口就可以将陈爷和陈钩子一起吞下肚去的猛虎,摸也

· 249 ·

不敢摸,碰也不敢碰,可怜兮兮,陈爷和大狗面对面地坐在院里。

　　..........

　　一腔怒火,不由得升起在陈爷的心间,陈爷老实巴交的生意人,一辈子没发过火,无论街面上怎么受气,陈爷也是笑脸相待,天津地面上青皮、混混、男光棍、女光棍,什么王八蛋都有,陈爷是什么王八蛋的气都咽得下,从来没和任何一个王八蛋生过气。但这次,陈爷似是觉得被人剥光了衣服,就和卧在地上的这条大狗一样,脖子被人用小绳儿系上了绳套儿,过一会儿缓缓地将你吊起来,等你自己张开嘴巴,然后往嘴里灌一小碗凉水,你的小命就玩完了。只发出咕噜一丝声音,那声音一定非常动听,听着就像音乐一样,许多人一生就爱听这种声音,一听见这种声音心里就颤巍巍地抖动,脑袋瓜子也晕乎乎地打旋儿,美,游戏间除掉一个生命,比看血流成河还激动。

　　此时此刻,陈爷和他院里的大狗,一对等着任人杀戮的生命。

　　奶奶的!陈爷暴起了一阵怒火,他起了杀人的心。

　　"爹,您喝口水。"陈钩子看老爹一动不动地坐在地上,悄悄地靠近老爹,送过来一碗水。

　　陈爷似是什么也没听见,还是低头呆呆地看着那只大狗。

"爹，咱也没有什么好收拾的了，走吧。"看着老爹发呆的样子，陈钩子小声地对陈爷说道。

"那也要等天黑下来呀。"陈爷强咽下一腔的怒火，平静了一下心情，停了一会儿，他才向儿子问道，"奔哪儿去呢？"

"走到哪儿是哪儿吧。不是说老天爷饿不死瞎家雀吗？总比等在这里明天被抓走好呀。"

"儿呀，惹不起，也只有躲得起了，儿呀，咱们走吧。只是，无论哪家的兵马，初得天下的头一件事，就是抓兵，只怕走不好又落到他们手里，被他们抓去做炮灰，可就更惨了。唉，留在天津也是挨抓，逃出天津也许还能找到一条活路，走吧，没有别的地方好去，先下沧州，那里不是有个山神庙吗？当年林冲发配就在那儿住过。"

"沧州有咱的老本家。"陈钩子提醒老爹。

"儿呀，你先把院门关上。"终于，陈爷似是下了决心，便吩咐儿子关上院门。

儿子扶老爹站起身来，然后走过去关上院门，这时候陈爷站起了身子，一步一步走到大灶前，咕咚一下，向着大灶跪了下来。

"祖宗先人在上，我这里磕头谢罪了。"说着，陈爷在地上磕了三个响头，也是陈爷心里过于悲痛，头磕在地上，竟

·251·

然发出咚咚的声音,就和旱天打雷一样,听着让人心碎。

"爹,起来吧,生意做到这一步,怪不得咱们。"陈钩子心里有数,又搀扶老爹站起来,苦口婆心地劝慰着老爹。

陈爷被儿子从地上拉了起来,抬手抹了抹额头,随之缓缓地伸开双臂,一使劲儿竟然将灶上的大锅抬了起来。

"爹,你干吗?"陈钩子向陈爷问道。

"这锅老汤……"

"家都不要了,还管那锅老汤干什么?"陈钩子过来帮助老爹抬起那口大锅,不解地向老爹问道。

"我把这锅老汤倒掉。"说着,陈爷在儿子的帮助下,端着那口大锅往远处挪,门口处有一个地沟眼儿,每天洗肉的脏水,就是倒那里面的。

也罢,老爹不忍留下这锅老汤,父子两个逃走了,老汤绝不能给国民革命军留下。

一步一步,父子两个端着大锅往地沟眼儿移动,也是费了好大的力气,才将那口大锅移到地沟眼儿附近,陈爷没有立即将那一锅老汤倒进地沟眼儿,将大锅放在地上,陈爷立在大锅旁边,呆呆地看了半天,这才自言自语地说起了话来。

"唉,天呀!"有生以来,陈爷头一次感叹,长长的一声"天呀"。随后他唠唠叨叨地说了起来:"我陈姓人家没有本事,没有根基,祖辈上没出过读书人,更没有出过当兵行伍的军人,老老实实就是一心做小本生意,养家活命,不求发旺,只求平安。祖上没留下什么家产,就是留下了一锅老汤,让后辈子孙好好地侍候着家乡父老,挣一份辛苦钱,给家乡父老添一份口福。

"天地良心,我陈姓人家虽然也是赚钱,但我不敢赚昧心钱,从有陈记酱肉,天津老少爷们儿心里有一杆秤,我没在一丝肉上做过对不起家乡父老的亏心事,更没干过缺斤少两的缺德勾当。人心坏,如今市上有十四两秤。(陈爷卖肉时,使用十六两秤,这里的十四两秤,比后来的八两秤稍有一点儿德行。)你看着他秤杆儿高高的,其实那不是一斤,那只有十四两。

"天津卫老少爷们儿知道,我陈记酱肉卖肉,连包肉的荷叶都不上秤,主家买多少,那就是净肉多少,肉卤,那是包好酱肉淋上去的,没算分量。我煮肉,一块肉一块肉地察看,肉皮上不能带一根毛,肉里面没有一点儿血包,骨头全都剔除干净,软骨虽然带在肉里,有的主顾就爱吃这口,那要另加二两分量的,老天爷有眼,我老陈头对得起天津卫的老少爷们儿。

"卖了一辈子肉,我赚了多少钱?老天爷,您老心里有一本账,一家四口的吃喝,闺女出嫁了,是一家三口的吃喝,我没吃过山珍海味,锅里的酱肉我只吃每天晚上剩下的肉渣,整块的肉,钩子他娘坐月子的时候给她尝过一次,此后我再给她捞,她不吃了,她说吃了反胃,唉,卖凉席的睡光炕,卖酱肉的更舍不得吃酱肉,小钩了那一年有病,我给他从锅里捞出来过一块瘦肉,孩子没舍得吃,晚上上街卖肉回来,孩子让娘将那块肉给我埋在碗里了。

"老天爷,辛辛苦苦卖一锅肉,八十斤,我只赚十斤棒子面、二斤小鲫鱼儿的钱。逢年过节,全家人的新衣,那是钩子他娘每天从棒子面钱里省出来的,我自己穿的鞋、钩子穿的鞋,那全是钩子他娘一针一针纳鞋底儿做出来的,一辈子我没穿过长衫,一辈子我没进过大澡堂子,没听过戏,没进过饭馆,没耍过钱,没没没,我是什么人间享福的事都没见识过呀,我的老天爷!

"老天爷,什么事情也瞒不过你,您老也知道卖肉的若是想赚黑心钱,那是太容易了,生肉里面注水,一斤肉变一斤四两,煮肉的锅里放硝盐,煮出来的肉好看,又不减分量,再至于病猪、死猪,缺德的事就更多了,只是天地良心,凡是爹生父母养的,没有做那种缺德事的,谁没有父母儿女,你往肉里注水,卖病猪、死猪,你就不怕你父母儿女也吃上病猪肉、死猪肉?别以为做下缺德事没有人知道,人不知天知,您老那里架着油锅,每天等着的不就是这些缺德鬼们吗?

"老天爷,不是我老陈头夸口说大话,我自量死了之后,到了您老那里不会被牛头马面推下油锅。为什么?我在世间没做一丝对不起人的事。我对得起世上人,世上有人对不起我。他们也没什么太对不起我的地方,他们杀人放火,他们争名夺利,他们打天下、坐江山,都和我没关系,他们今天这个说对不起老百姓,明天那个又说对不起老百姓,老百姓里面都没有我,谁当大总统都和我没有关系,他们无论爱国还是卖国,都不关我的事,什么二十一条、二十八条,什么这个议和、那个条约,都不关我的事,我就知道谁吃肉、谁给钱,赊账也不要紧,谁也有个不方便的时候,一时手头没零钱,就不许吃肉了?也太不讲义气了,只是主顾们知道,我陈记酱肉本小利薄,欠个十天半月,我拖得起,你欠我一年,还天天三斤五斤地吃肉,那让我怎么活呀?谢天谢地,天津卫多少年,还没赶上过吃肉不给钱的年代,怎么我也会说年代了呢?时代不是进步吗?

"老老年间,小德张过天津小钩子献上一块肉,他一高兴还赏了一块银锭子了呢,天津府道台大人更从来没向我要过酱肉,人家是读书人,有个身份,知道怎么叫作丢人,怎么叫作现眼,更知道什么是不要脸。皇帝退位了,民国建立了,民为主,官为仆,民为上,官为下,倒过个儿来了。这样,主人要养着仆人,上的要养着下的,人家吃肉就不给钱喽,想吃多少就向你要多少，准时送到，到了门外，还得听传令兵检查。传令兵说你今天的肉不卫生，这份肉他就扣下，立即跑回家来，你得再包上一大包送过去，晚了，就问罪了。吃肉怎么还得有准时辰？吃肉没有准时辰，是官宴有准时辰。宾客们到齐了，灯也亮了，洋鼓洋号也吹打起来了，宴会大桌摆好了，到时候酱肉没有送到，误了二十一条签约，一个臭卖肉的，你担得起责任吗？

"老天爷，对于如今世上的事，您老是不知道了，如今饭桌上定改朝换代的大事，吴大爷怎么就当上议长了，就是那天酱肉准时送到了，吴大爷举杯祝酒，立马酱肉送上来，一片一片切得纸一般薄，不腻不柴，大总统尝着可口。吴大爷，你真会办事，就请你出山做议长吧，倘若那天酱肉没煮好，一咬塞了大总统的牙，吴大爷的议长就飞了。吴大爷做了议长，一高兴想起还欠着我一年的肉钱呢，大笔一挥，从民国四年的议会预算开支，得，我的肉钱又得再等二年。

"黄了，黄了，好好的生意被这帮蝗虫吃光了，吃得我欠了一屁股债，吃得我一贫如洗，气死了我的老伴儿，逼得我卖了房，盼星星，盼月亮，北伐成功、'革命'胜利，没想到，这头一锅庆祝胜利的肉，就征到了我的头上，我也知道北伐军不会白吃我的酱肉，只是这头一锅肉煮不出来呀，谁会赊给我生猪？谁会借钱给我让我去买作料，可是明天早上送不出这头一锅肉,我就是反对北伐,北伐军长官还要扔下来一杆长枪,要我拿着长枪去要生猪,这拿枪要东西的事,他们做得出,咱做不出呀。后来,他们还牵来一只大狗,让我杀狗煮狗肉,王八蛋,他们拿我不当人看呀!

"我走了,老天爷,您老看清楚,我是被逼得走投无路才私逃的,明人不做暗事,我没欠人家的债,我没做见不得人的事,可是我要趁着夜黑逃跑,连大路也不敢走,我变成一个贼人了呀,我的老天爷呀!走了,走了,军阀混战的时候,都说打完仗就有好日子过了,如今北伐成功,盼的好日子该来了吧,人家又让我煮狗肉了。

"明摆着骂人,天津人最看不起卖狗肉的,常言说,挂羊头卖狗肉,如今他们逼着我挂陈记酱肉的招牌卖狗肉,我至死不做那种对不起祖宗的事。走喽,走喽,唔唔唔。"

述说着,陈爷放声大哭了起来。

说了一大通废话,陈爷又看见了院里卧着的那条大狗,那大狗好懂事,它可怜兮兮地望着陈爷的背影,一声不吭,只是眼窝里涌出了两行泪珠。

唉,陈爷动了恻隐之心,俯下身去,陈爷将大狗脖子上的绳套解开,拍了拍狗背,怪是知心地对大狗说道:"你也走吧,逃到不吃狗的地方去,天下不吃狗肉的地方好找,天下不吃人的地方可就不知道在哪儿了。"

听着陈爷的嘱托,大狗摇了摇耳朵,抖了抖毛,伸出长舌舔了舔陈爷的手背,还是一声不吭,蔫蔫地就走了。

…………

尾声

故事写到这里,后面的结局看官们应该已经看出些眉目来了,一定是陈爷站起身来,重重地叹息一声,紧闭一双眼睛,抬起腿来向着那锅老汤狠狠地一踢,立即那口大锅应声倒在地上,一锅老汤哗哗地流进了地沟眼儿,只在地上留下一道湿湿的痕迹。陈爷和陈钩子眼看着老汤流进了地沟眼儿,父子两个正要走出家门,陈钩子就觉得身边的父亲走路的样子有点儿不对劲,转过身来再一看,陈爷的脑袋歪倒在陈钩子的肩上,一声未出,陈爷咽气了。

后来呢?后来自然是陈钩子放声痛哭,赶紧找来朋友,为陈爷办了丧事,然后自己才一走了之。

非也!

事实没有那么严重,陈爷倒掉一锅老汤也没感到有多么难过,中国人的事,没有舍不得的东西,祖祖辈辈可以煮出一锅老汤,你将这锅老汤倒掉,几时再想煮酱肉,照样还可以再煮出一锅老汤出来,何况陈钩子也知道老汤的秘密,如法炮制也就是了。为一锅老汤断了性命,不值得。

那么陈爷后来怎么样了呢?不是说过了吗?他父子二人要去沧州,沧州历来是中国人避难的地方,也是一切不走运的人最后的一个落脚地,陈爷和陈钩子走投无路,和每一个中国人一样,他们也要去沧州。

连夜出走,不得延误,他父子二人倒掉那一锅老汤,好歹收拾收拾,就直奔老龙头火车站去了,来到老龙头火车站,正好有一列开往沧州的火车进站,他父子两个径直就往车窗扒去。得了吧,林爷,上火车有扒车窗的吗?火车难道没有车门吗?当然有车门了,车门挤不上去嘛,有火车票也挤不上去,就得扒火车窗户,陈爷在后面托着陈钩子的屁股,陈钩子抓住火车窗子,用力一蹬,陈爷就将陈钩子推到车厢里面去了。

"爹!"陈钩子钻进车厢,回过身来就想将他爹拉到车里来,但是,陈爷似是想起了什么重要的事情,他没向儿子伸过手去,反而站在站台上,向儿子大声地喊道:"你先到沧州去等我,我还得回家一趟。"

"爹,家里还有咱的啥呀?"儿子着急地扒着车窗向陈爷喊道。

"不行,你忘了,屋里米坛子里还有一坛老汤呢,就是那天咱们带着去卖,没有卖出的那一坛老汤。"陈爷在车外对儿子说道。

"哎呀,爹,一锅老汤都倒掉了,你还要那一坛老汤做什么?"火车已经拉响了汽笛,陈钩子着急地对老爹喊道。

"不行,那是祸根呀,无论是谁得到那一坛老汤,他带回家去煮出酱肉,来日不也得落得和咱一样的下场吗?我一定得回去将那一坛老汤倒掉,绝不能给天津父老乡亲留下祸根。儿子,你先到沧州………"

轰隆隆,轰隆隆,陈爷的话声未落,火车已经开起来,陈爷只看着陈钩子扒着车窗着急地冲着自己挥手,一晃,陈钩子的身影就飞逝过去了。

陈爷呢?陈爷回家去了。

急急忙忙,陈爷赶回家来,已经是后半夜时分了,看看家院附近,没有人影走动,走进自家院门,院里一片冷落,不由得陈爷一阵心酸,禁不住眼泪涌了出来。唉,辛苦一世,没想到落了个如此的结果,真是家破人亡了。再走进屋门,看着空空的四壁,看着只铺着一条破凉席的大炕,想着几天前死在屋里的老伴儿,陈爷觉得眼前一阵发黑,赶快双手扶住炕沿儿,他竟然晕倒在了大炕上了。

昏昏沉沉,也不知道过去了多少时间,陈爷才渐渐地苏醒了过来,睁开眼睛,我这是在哪儿呀?陈爷问着自己。看看眼前的景物,看看漆黑的院子,陈爷知道这是在自己家里。

但老伴儿呢？想起来了，几天前才过世，是他拉着小车，儿子在前面打幡，将老伴儿埋到城外乱葬岗里了。儿子呢？哦，想起来了，儿子乘火车去沧州了。自己怎么躺在这里？哦，又想起来了，自己是回来找那坛老汤的，不能让那坛老汤再落到什么人手里，煮出酱肉来虽然味道非凡，味道一出众，赶上盛世固然是发家致富了，赶上乱世，赶上赃官，你就倒霉了，一群蝗虫轮番地吃你，吃黄了一家，再去吃另一家，反正我老陈头不能将祸根留给父老乡亲。

支撑着身子站起来，陈爷举目四处巡视，果然看见屋角处有一只坛子，是原来放米的坛子，已经好几年没放过米了，自从陈记酱肉一出了名，陈爷一家就没吃过米，这是为谁辛苦为谁忙呀？真为了儿女，也认了，为了一帮王八蛋！呸，陈爷狠狠地往地上吐了一口唾沫。

罢了，冤有头，债有主，世上什么事情都有个胜败兴衰，我陈记酱肉也就算到了应该收场的时候了。可是，万一中国还有个盼头呢？不是说风水轮流转吗？就不信风水永远转不到中国来，也许有一天中国出了个明君，降旨吃肉必须付钱，凡是吃肉不付钱的抓着一律枪毙，到那时再煮陈记酱肉，子孙不就有好日子过了吗？

哦，又想起来了，老汤锅里还有一块银锭子了呢，只要留下那块银锭子，来日风水转到中国，陈姓人家的后辈还制作酱肉,到那时就发财了。

找!

借着遍地的月光,陈爷走到地沟眼儿旁边,弓下身子,细细地查找,眼睛一亮,果然地沟眼儿算子上有一颗黑乎乎的东西,捡起来一看,像是一块银锭子,已经没有银锭子的形状了。也是,在锅里煮了多少年,皇帝退位,北洋混战,多少个英雄好汉都没有人形儿了,锅里一块银锭子还经得住煮?就是它,只要有点儿痕迹就行,来日再卖酱肉,放到锅里,就灵。

细心地将那块变了形的银锭子揣在怀里,又走回屋来,抱起屋角处的那只米坛子,高高地举过头顶,运足了一口丹田气,当的一下,米坛子被陈爷摔在地上,粉碎,坛里的老汤溅了满地。

完了,再没有好牵挂的了,走!

"站住!"陈爷正想往院外走,突然一声喊叫,将陈爷拦在了院里,陈爷抬头一看,一匹大马,原来就是昨天向他要酱肉的那位长官,怎么这么早他就来了?再一看,太阳早就高高地升起来了,自己在屋里磨蹭,时间不知不觉过去了,偏偏这位长官尝酱肉心切,早早地就找上门来了。

"长官。"陈爷手足无措,一时不知道说什么好,只是低着头,眼神四下里瞟着,想找个地缝儿钻进去。

"你想跑呀。"长官骑在马上,横挡在大门口,将陈爷拦在了院里,陈爷真是上天无路,入地无门,眼看着就要大祸临头了。

"小民不敢逃跑。"陈爷支支吾吾地回答说。

"酱肉呢?"马上的长官恶狠狠地向陈爷问道。

"昨天禀告长官了,没有生猪。"陈爷战战兢兢地向长官说道。

"狗呢?"

"一眼没看牢,跑了。"

"好呀,酱肉没有煮出来,你又把狗放跑了。瞧我不收拾你才怪。"北伐军长官怒发冲冠地向陈爷喊叫着。

"小民听候长官发落。"事到如今逃也逃不脱了,陈爷只好听天由命地等着挨鞭子。

"你自己说说怎么发落你吧。"北伐军听取民众意见,让陈爷自己选择处罚办法。

"长官手里不是有鞭子吗?"陈爷胆战心惊地对长官说道。

"没那么便宜,打伤了你,日后找谁煮酱肉呀?"北伐军长官还舍不得打陈爷,日后他还要吃酱肉呢。

"要么,我给长官磕个头,长官放我一马,日后我一定好好地孝敬长官。"

"我才不稀罕你磕头呢。"长官还是骑在马上对陈爷说道。

"那长官看应该怎样处置小民呢?"陈爷向长官问道。

"你跟我走吧,我也不让你扛枪,北伐军正在扩大队伍,你给我当伙夫。我不委屈你,二等兵的待遇。"

"长官,这可不行,我没当过伙夫呀!"陈爷央求着连连地向后退着。

"你煮酱肉不就是伙夫吗?"长官向陈爷问着。

"长官,长官!"

陈爷正一声声地向长官求饶,突然一根绳儿从马上扔下来,不偏不斜,一个绳扣儿正套在陈爷的脖子上,陈爷突然想起,长官昨天说了,他在路上套了一只狗,一定就是这手绝活儿,北伐军嘛,没有点儿拿手的功夫,"革命"如何胜利呢?

掉转马头,长官在前,陈爷在后,嘚嘚嘚地就走了。走在路上,陈爷还听见街坊们七嘴八舌地指着陈爷说闲话:"好好的生意不好好做,非得煮出名来不可,你陈记酱肉有名,没名还落不到这个结局呢。"

…………

陈爷被抓到北伐军做伙夫,没在兵营住下,第二天开拔,被长官装进闷罐车就上前线了,火车走了好长好长时间,突然停下来,说是要给后面的军车让路,前线告急,运兵的车要先行。长官命令,下车,陈爷和大兵们一起跳下了车,陈爷正抬头想看看到了什么地方,正好后面一列兵车开了过来,兵车停下,似是给火车加水,车上的大兵一律不准下车。

陈爷没事,在车站上溜达绕弯,走近从后面开过来的兵车,和扒在车窗上的大兵说话。

"哪儿来的?"陈爷向车上的新兵问道。

"河南的。都说当兵吃馍。"车上的新兵,有的才十五六岁,扒着车窗对陈爷说。

"往哪儿开呀?"陈爷继续问道。

"不知道,说是没有仗打了,到了前线就吃馍。"

唉,傻孩子,光吃馍怎么还是前线呢?送死的炮灰,可怜了。

和车上的新兵说了一阵闲话,一声汽笛响起,火车开了,陈爷向后退了一步,看火车缓缓地开始移动,一节车厢开过去,又一节车厢开过去,就是在第三节里,陈爷一抬头,看见车窗上一个小伙子正扒着车窗向外张望。

"钩子!"陈爷向扒着军车车窗向外望的孩子喊了一声。

"爹!"就在缓缓前行的兵车上,陈钩子向车下的陈爷喊了一声。

咣当、咣当,火车开动起来,隆隆的车轮声压下了陈爷和陈钩子的相互喊声,陈爷追着缓缓前行的火车往前跑,就听见陈钩子在车里向陈爷喊道:"我让他们抓兵了。"

"钩子!"陈爷在下面追着火车,拼命地向车里的儿子喊话,"锅里的那银锭子我找到了。"

"爹,那没用,老汤就在我身上带着呢!"喊着话,火车开动起来,车窗上的陈钩子也没有影儿了。

只是陈爷没有听明白,钩子怎么就把老汤带在身上了。

…………

公元二〇〇〇年,元月元日,老朽我参加"老同志喜迎新世纪"旅游团乘车南下,路经济南,再经洛阳,凭车窗观光,突然一个大招牌映入眼帘,那大招牌上一行大字——"老天津卫陈记酱肉",而且招牌下面还有四个小字,只是老朽老眼昏花不能辨认,心中正在纳闷儿,同行一耳不聋眼不花的睿智老者竟然将招牌下面的四个小字读了出来:绿色食品。

呜呼,陈记酱肉能逢盛世,天下人有福了。